KB125782

내 인생의 푸른 시절

내 인생의 푸른 시절

전효택 교수의 네 번째 산문집

마음
풍경

책머리에

　세 번째 산문집 『청년 연가(緣家)』를 발간한 지 어느덧 이 년이 되어옵니다.

　그동안 『계간현대수필』, 『여행문화』, 『한국산문』, 『리더스에세이』, 『에세이스트』, 『수필과비평』, 『한국수필』, 『문학 수(秀)』, 『월간에세이』, 『인간과문학』, 『월간문학』 등의 정기 문예지 간행물뿐만 아니라 『문학서초』, 『서초엔솔로지』, 『에세이스트작가회의 연간집』, 『리더스 테마 에세이』, 『청색시대(계간현대수필작가회)』, 『스페이스에세이 연간집』, 『산들문학회 연간집』, 『한국디지털문인협회 공동문집』 등의 동인지에 게재한 글들을 묶어 네 번째 산문집을 냅니다. 여러 문예지로부터 원고 청탁을 받으며 지금까지는 마감 날짜에 늦지 않게 원고를 보내고 있어 다행으로 여깁니다.

　지난 이년 간은 팬데믹 거리두기로 해외여행은 전혀 하지 못했습니다. 단지 국내의 지방 도시나 유명 관광지 방문 여행 정도로 만족해야 했습니다. 지난 이 년 동안의 보람은 사회 각계에서 활동하는 문인들이 모여 한국디지털문인협회를 창립하고, 『내 인생의 선택』(SUN 발행, 303쪽, 2022.4.)이라는 60인 창립기념문집을 출판한 일이며 이 문집에 제 졸고 〈교수의 길〉을 게재했습니다. 계간지 『현대수필』이 2021년 겨울호(통권 120호)를 30주년 기념호로 마감하고, 2022년 봄호부터 『계간현대수필』로 새로운 출발을 하는 운영위원회에 참여하고 있습니다.

글쓰기는 여전히 어렵다고 느낍니다. 머리 안에서는 글의 주제와 문장 구성이 뱅뱅 돌고 있으면서도 작품 완성이 쉽게 진행되지 않습니다. 때로는 적절한 문구가 떠오르지 않아 며칠을 중단하기도 합니다. 마감일을 앞두고는 신기하게도 글쓰기의 가속도가 붙어 드물게 탈고하기도 합니다. 수필을 작성하며 적어도 작가는 자신을 다 보여주지 않으며 여전히 신비감이 있어야 한다고 믿고 있어 개인이나 지인의 연애담과 같은 사생활에 대한 원고 작성은 지양하고 있습니다.

지난 이 년간 기쁨을 준 보람된 일이 있습니다. 창간된 지 오 년째인 계간지 『여행문화』의 편집 발간에 참여하며 국내 유일의 수준 높은 컬러판 여행 문예지로 발전시키고 있다는 자부심이 있습니다. 서울대학교명예교수협의회가 지원한 MAHA(My active and healthy aging, 은퇴 후 시간을 건강하고 활동적으로 만드는) 프로그램 중

이십 주간 자서전 쓰기에 열심히 동참한 일입니다. 또한 협의회가 주관한 『나의 학문, 나의 삶 2』 단행본(서울대학교 출판문화원, 468쪽, 2020.12.25.) 발행에 다섯 명 교수 공저자로 참여하며 〈학문과 함께 배려하는 삶〉이라는 제목으로 110여 쪽의 원고를 게재한 일입니다. 이 책은 학문 교육과 연구 분야에서 같은 길을 가는 후학들에게 좋은 길잡이가 되리라 기대합니다. 자신이 살아온 길을 돌아보며 기록으로 남기는 일은 보람 있는 인생 정리가 되리라고 생각합니다. 사회적으로 유명한 사람이어서가 아니라 또한 자신을 자랑하려 하여서가 아니라 단지 나의 인생을 솔직하고 정직하게 기록하는 고백 글쓰기처럼 느낍니다. 누구에게 보이려는 책이 아니라 나의 고백을 통하여 가족에게 또한 친구와 지인에게 나의 인생을 보여주며 정리하는 보람 있는 일로 여깁니다.

이 산문집은 내 가족과 제자 및 가까운 지인들, 그리고 같은 길을 가는 문우님들께 증정하려 합니다. 이 책은 지난 이 년간 나는 이렇게 생각하고 살아왔다는 자서전이 될 듯하며, 이 책을 읽는 독자에게 조금이라도 삶에 보탬이 되고 위안이 되길 바랍니다.

이 산문집이 나오기까지 제 글을 읽어주고 합평해 주신 문우님과 선생님께 감사드립니다. 아울러 여전히 책보기와 책사기, 글쓰기를 좋아하는 남편을 배려해 주고 있는 아내와 아이들에게도 고맙다는 인사를 보냅니다.

나만의 서재 공간에서 저자 씀

책머리에

1 • 일반 수필

2 • 책을 읽고

3 • 여행 산문

일반 수필

고3 담임 선생님

철들고 나서 만난 잊지 못할 지인들을 돌아보고 싶다.

가장 먼저 고등학교 3학년 1반 담임이셨던 H 선생님이 떠오른다. 내가 재학한 공립고등학교는 3학년에 진급하며 문과반과 이과반으로 나뉘었고, 1반은 이과반 최우수 반이었다. 항상 인자하고 자상한 모습으로 수학을 가르치시던 은사님이다. 선생님이 화를 내며 매질하는 모습을 본 적이 없다. 선생님은 나에게 더욱 많은 관심과 사랑을 베푸셨다. 우수 모범생이라고 격려해 주시곤 했고, 전체 졸업생 대표로 졸업장을 받도록 추천해 주었다.

선생님은 공립 G 중학교의 교감직을 마지막으로 30여 년 전 정년퇴임 하였다. 그때 교수로 재직하던 나를 정년퇴임식에 불러 축사를 권하며 자랑스러워하였다. 지금도 퇴임식장에서 기억나는 일은 식장에 참석한 중학교 교사들이 남학교임에도 대부분 여성 교사여서 놀랐었다. 그해 중학교 교지에 선생님을 기리는 원고를 청탁받아 쓰기도 했다.

"우리가 건강하고 평안하게 사회생활을 잘하고 있는 이면에는 부모님과 선생님의 사랑과 관심, 그리고 따뜻한 격려와 조언의 힘이 있었음을 느껴야 한다. 선생님은 이제 G 중학교에서 정년을 맞이하나 그동안 중고등학교에서 수많은 제자를 양성하였고, 그들이 사회의 여러 분야에서 두각을 나타내며 활동하도록 열성을 다하였다. 교육에 대한 정열과 인자하심으로 일생을 살아오신 선생님은 직장의 정년으로 중고등학교 일선에서 떠나시나 선생님의 제자들에 대한 사랑과 관심은 여전히 남아 있을 것이다."

오래전 방배동의 한 음식점에서 반창회를 가지며 선생님을 초대한 적이 있다. 선생님은 여전히 우리를 기억하시며, 심지어 '너 이름이 누구지'라고 기억하시는 모습에서 선생님을 자주 모시지 못하고 찾아뵙지 못했음을 자성했다. 나는 놀라서 "아니 어떻게 제자들의 이름을 아직도 기억하세요?" 하고 여쭈었더니, 반창회 장소에 오시기 전 졸업앨범을 보며 기억하는 제자 얼굴과 이름을 확인했다 하였다.

재학 중에 반우와 함께 선생님 댁을 방문한 적이 있었다. 지금부터 57년 전인지라 장소는 정확히 기억나지 않으나 언덕길을 한참 걸어 올라가서 자택을 찾아 사모님께 선물을 전하고 온 기억이 있다. 그 당시는 60년대 중반이니 나라가 어렵고 못살 때였다. 대입을 준비하기 위해 과외공부는 꿈도 못 꿀 때였고 고액 과외라는 용어도 없던 시절이었다. 선생님 과목인 수학 모의고사는 평균 60점이 넘어야 일류대학에 지원할 수 있었다. 어려운 수학 문제들, 심지어는 일본의 유명대학 입학시험 수학 문제도 번역하여

풀 때였다. 나는 종로 2가 부근 YMCA 빌딩 골목에 있던 학원에 어려운 수학 문제 풀기를 보충하는 저녁 수업에 수개월 다닌 경험이 유일한 과외공부였다. 지금도 그 학원 골목길을 지날 때면 저녁 늦게까지 수학 강의를 듣던 그 시절이 떠오른다. 그 학원은 없어졌으나 지금도 골목길은 재개발되지 않은 상태로 그대로 남아 인사동으로 연결되는 옛 정취를 보여주고 있다.

어려운 수학 문제를 풀기 위해 열공한 기억이 새롭다. 공대에 진학하여서는 고등수학을 2년 더 공부하였고, 심지어는 가장 어렵다는 수리물리까지 대학원에서 이수해야 했다. 고차원의 수학까지 공부하는 이유는 복잡한 과학기술 원리를 수학적으로 논리 정연하게 설명하고 증명할 수 있기 때문이다. 실제 우리 생활에서는 이러한 고등수학은 필요하지 않다. 수학에서는 복잡한 문제를 일목요연하게 풀어내어 답을 얻는 과정이 매우 중요하다. 수학 문제가 주관식일 때 풀이 과정을 중요시하고 답이 틀려도 풀이 과정에 점수를 주는 이유이다. 수학을 잘하는 사람은 복잡하게 얽혀 있는 문제들이나 자료를 수학 문제 풀어가듯 체계적으로 처리 정리하는 능력을 지니게 되므로 수학 공부를 한다.

선생님은 내게 수학 문제를 풀어내는 능력을 제고시켜 주었다. 수학 모의고사에서 60점을 넘기기 위해 참으로 어려운 문제를 풀곤 하였다. 아무리 어려운 수학 문제라도 풀기 위해 도전하는 정신을 키워 주었고, 그 열정이 공대를 지원하는 가능성을 열어주었다. 오래전 작고하셨으나 고마운 선생님의 모습을 그려 본다.

• 문학서초, 2022. 12.

교수의 길

　나는 40여 년 전 모교에서 공학박사 학위를 취득했다. 당시는 국내에 박사학위 소지자가 드물어서 학위를 취득하자마자 세 곳에서 유망 직장을 선택할 수 있었다. 지방대학의 조교수, 연구소의 선임연구원, 그리고 정부 투자기관의 과장 자리였다. 그 제안을 모두 뿌리치고 모교의 교수가 되어야겠다는 일념으로 박사후(Post-doc.) 연구 유학을 하였다. 모교의 학과 교수님 몇 분이 내게 교수요원으로 남기를 권면했고 국내 학위만으로는 충분치 않고 외국 유명대학에서의 박사후 연구 경험을 쌓으라고 조언했다.

　교수요원으로서의 수준 높은 자격과 경력을 쌓기 위해 세계 최고 수준의 대학에서 연구 경험을 쌓는 것이 바람직하다고 긍정적으로 생각했다. 문제는 이 시기에는 국내에 박사학위 후 해외 연구를 위한 연구비 지원기관이나 장학금이 없었다. 나는 박사학위 취득 전후 모교에서 2년간 시간강사 생활을 하고 있어 경제적으로 몹시 어려운 시절이었다. 시간강사 시절에는 매주 9시간의 전임 교수 강의를 하였음에도 강사료는 용돈 수준이었다. 학술 연구 프로젝트에 참여해도 연구책임자 교수는 연구수당 지급을 제대로 하지 않았다. 강의나 가정교사 등으로 학비와 생활비를 벌어야 하는 극히 어려운 때이었다.

박사후 연구 과정을 그동안 연고도 있고 가까운 일본 도쿄대학을 선정하고 추진했다. 도쿄대학은 대학 평가에서 하버드대학과 순위를 다투는 대학이었다. 나의 첫 해외 유학으로 30대 초반의 비교적 늦은 나이였다. 내가 접촉한 HS 교수는 나에게 평생의 인연이 된 지도교수이다. 이 대학에서의 연구 경험은 모교에서의 조교수 발령을 받기 직전까지 8개월 기간이었다. 이 기간 인건비나 장학금이 없고 실험실에서의 연구 지원 정도였다. 나는 최악의 경제적 조건에서 박사후 연구 과정을 겪고 있었다. 지금도 원로 은사님이 내게 보내 주신 엽서를 잊을 수 없다. 내 소식을 들으셨는지 엽서 뒷면에는 대기만성(大器晩成, 큰 그릇은 늦게 이루어진다) 네 글자만 한자로 적혀 있어 울컥한 적이 있다. 또 내게 도움을 주신 여러 선배분을 잊을 수 없다. 도쿄대학으로 출국할 때 또한 도쿄에 체재 중 도와준 분들이다. 내 전공 분야 연구원의 K 박사님과 모교 선배 J 교수님 등 내가 평생 절대로 잊을 수 없는 분들이다.

나는 전공이 응용지구화학으로서 주로 광물자원의 지구화학 탐사 분야를 대학원 과정에서 공부했고 이 분야의 학위논문을 썼다. 특히 1970년대 중후반에는 암석지구화학탐사 주제가 내 분야의 국제적 인기 주제 중 하나였다. 도쿄대학에 체류하면서 화강암류의 성인이 화성기원과 퇴적기원의 두 가지이며, 이 성인에 따라 금속광상의 종류와 형성환경이 지배됨을 처음으로 알게 되었다. 이러한 새로운 이론과 개념을 모르는 나를 의아하게 쳐다보던 지도교수님의 표정이 기억난다. 도쿄대학에서의 내 연구 주제는 여러 유형의 열수광상에서 산출되는 섬아연석(ZnS)의 화학 조성 변화 양상과 그 지배요인을 지구화학적으로 규명하는 연구였다. 전자현미분석기기에 의해 광석광물 연마편의 비파괴포인트 분석을 처음으로 경험하며 수천 포인트의 분석을 수행한 기억이 새롭다.

나의 두 번째 박사후 연구 경험은 30대 중반 조교수 시절 영국 런던대학교 임페리얼칼리지(Imperial College)에서였다. 이 대학의 응용지구화학연구그룹에서 일 년간 연구 생활을 했다. 당시는 나 홀로 생활하는 30대 중반의 건강한 자유인이었다. 체재비를 두 재단에서 받고 있어 경제적 여유가 있었다. 오랜 역사와 문화 전통을 지닌 나라의 세계 10위권 이내의 대학에서 내가 원하는 주제로 연구 생활에 전념할 수 있는 행운이었다. 나는 지금까지 '런던에서의 일 년'이 나의 전성기인 '푸른 시절'이었다고 믿고 있다.

내가 런던에 체류하던 1983년 4월에 이 연구그룹 주최로 〈1980년대의 응용지구화학〉 심포지엄이 있었다. 이 연구그룹을 1954년에 설립하여 많은 박사와 연구원을 배출한 Webb 교수의 정년과 업적을 기념하는 학술회의이었다. 총 15개의 최신 주제에 대해 이 분야의 대가들이 발표했다. 여기에서 나는 응용지구화학 분야에는 지구화학탐사 분야뿐만 아니라 환경지구화학 분야가 새로이 발전하고 있음을 알게 되었다. 이 연구그룹을 이어받은 저명한 환경지구화학자인 IT 교수를 만나 처음으로 이 분야의 강의와 연구 활동을 습득하게 되어, 한국인으로는 이 분야에 첫발을 디딘 선구자가 된 셈이었다. 그 이후 나의 학술 활동 분야도 지구화학탐사뿐만 아니라 환경지구화학 분야의 교육과 연구에 집중하게 되었다. 내가 재직하던 자원공학과에서 환경지구화학이 4학년에 전공과목으로 개설되었고, 대학원에서도 강의와 연구의 중심 주제가 되었다.

1990년대 초부터 내 연구실에서 환경지구화학 분야의 첫 연구 주제는 폐광된 금속 광산 주변에서의 토양, 퇴적물, 식물 중의 중금속 오염 연구와 석탄 광산 주변의 산성광산배수 연구이었다. 그 이후로 정년 할 때까지 20여 년간 환경지구화학 분야의 다양한 연구를 수행하였고, 많은 석박사 졸업생들이 배출되었다. 졸업생들은 대학교수로, 연구소의 연구원으로 또한 정부 투자기관의 주요 직책에서 활동하고 있다. 연구 결과들은 국내외 학술회의에서 발표되고, 또한 국내외 학술지에 많은 논문이 게재됨으로써 국제적인 수준으로 발전되었다. 지난 1994년부터 석박사과정 학생들이 해외에서 개최되는 국제학술회의에서 연구논문을 발표하기 시작하였고 최고의 논문 발표상을 받기도 하였다. 국제학술지에 발표된 한 논문은 인용지수가 높은 논문으로 기록 발표되기도 하였다. 특히 국제응용지구화학회의 명예인 석학회원(Fellow)이 되었고, 국제학술지의 특별호(「환경지구화학과 건강」(Environmental Geochemistry and Health), v.34, p. 1-159, 2012)를 헌정 받기도 하였는데, 국내 전공 관련 분야에서는 처음으로 알고 있다.

나는 지금도 청년 시절에 세계적인 명성을 지닌 대학에서 박사후 연구 경험을 통해 새로운 학문 분야를 습득하게 된 행운을 잊을 수 없다. 우리 인생에서 끊임없는 노력과 정진하려는 자세는 매우 중요하다. 특히 연구자는 대학에서 훌륭한 스승을 만나고 최신의 연구시설에서 뛰어난 연구진과 선후배를 만남은 커다란 행운인데, 지나고 보니 나는 행운아인 셈이었다.

• 한국디지털문인협회 창간 기념문집『내 인생의 선택』, 2022. 4.

나만의 비밀로
묻어두고 싶다

'첫사랑' 하면 고등학교 3학년 때의 국어 모의고사가 떠오른다. 투르게네프의 소설 이름 쓰기 주관식 문제이었다. 그 시절에는 그의 『첫사랑』을 읽지는 않았어도 『사냥꾼의 수기』, 『아버지와 아들』과 함께 소설 제목은 외우고 있었다.

러시아 작가 중 최초의 유학파라고 알려진 투르게네프(1818~ 1883)는 농노폐지를 주장한 자유주의 지성인이었다. 귀족 집안에서 태어나 어려서부터 프랑스어, 독일어, 영어 교육을 받아 모국어보다도 더 유창했다. 모스크바대학과 페테르부르크대학에서 문학과 철학을 공부한 그는 베를린대학에 유학하며 생애 대부분을 외국에서 보낸 서구파이다. 25세에 처음 만난 프랑스인 여가수 비아르도를 연모하며 죽을 때까지 40년간을 독신으로 지낸 특이한 순정파다. '사랑은 죽음보다도, 죽음의 공포보다도 강하다'라는 신념을 지닌 그는 유부녀인 그녀를 평생 연인으로 친구로 사랑했다. 프랑스 파리 근교 부지발 별장에서 사망할 때까지 그녀의 옆집에 살며 그녀의 품 안에서 죽었다. 이 투르게네프 별장은 현재 투르게네프-비아르도 기념관으로 남아 있다.

그의 작품 『첫사랑』(1860)은 115쪽 정도 분량의 중편소설이며 작가가 중년에 발표한 작품이다. 작가는 "이것은 지금까지 내가 만족스럽게 생각하는 유일한 소설이다. 왜냐하면 이 소설은 내 생활 자체이고 지어낸 이야기가 아니기 때문이다"라며 그의 경험을 토대로 집필한 작품임을 밝히고 있다. 소설의 줄거리는 대입을 앞둔 16세 소년 블라디미르의 첫사랑 경험과 그 충격을 다룬다. 그는 옆집에 이사 온 21세의 가난한 공작부인의 딸 지나이다를 일방적으로 사랑한다. 그는 아름다운 지나이다 주변에 구혼자도 많고 연인이 따로 있음을 안다. 블라디미르는 그 연인이 자신의 아버지임을 알게 되며 첫사랑에 대한 충격과 모순을 깨닫고 첫사랑의 열병에서 벗어난다. 대학에 입학하고 4년 후 그녀가 결혼했다는 소식을 듣고 찾아갔으나 이미 4일 전에 그녀가 출산 중 죽었다는 소식을 끝으로 소설은 끝난다. 이 소설은 아들의 첫사랑인 여인이 아들 아버지의 연인이라는 삼각관계의 억지스러운 막장 드라마 같은 인물 구성이다. 러시아문학 전공자의 평에 의하면 이 소설은 '자전적 성격이 강하고, 첫 만남에 대한 섬세한 심리묘사와 서정성, 주인공의 사랑 좌절과 충격적인 경험으로 인한 성장을 다루고 있다' 한다.

내 경우 16세라면 고등학교 1학년 시절이다. 내가 보기에 이 나이는 아직 세상 물정을 잘 모르는 때이다. 사랑이라는 의미를 정확히 모르고 단지 소설이나 영화로 또는 그동안 들어온 풍월로 안개빛으로 상상하며 마음을 조아리던 시절이다. 사랑에 대한 정신적 육체적 감각은 분명치 않으면서 예민하고 호기심이 많던 사춘기 시절이다. 사고와 경험이 미숙하여 모순된 감정이 혼재하며 이상과 현실의 차이에 대한 경험도 없던 시절이었다. 특히 우리 집은 아들만 다섯인 가정이어서 여성에 대해서는 신비감과 궁금증만 가득했다. 학교와 집에서 성교육을 받은 적도 없고 성교육 참고 책자나 TV 같은 시청각 교육도 전혀 없던 때였다. 여성에 대한 지식은 오로지 소설책으로 또는 주변의 친구나 선배로부터 주워들은 말이 전부였다.

나이 들어서는 첫사랑을 만나지 않음이 바람직하다는 주위 얘기를 많이 들었다. 첫사랑에 대한 기억은 소년 시절이나 청년 시절의 그 젊은 모습만이 남아 있을 뿐인데, 중년이나 노년이 되어 만나면 과거의 모습과 전혀 다른 분위기와 마주치게 되어 그 실망감이 너무도 크다 했다. 내 동료 교수는 대학생 시절 사귀었던 첫사랑을 어찌어찌 연락이 닿아 만났는데, 약속 장소에 들어서는 그녀 모습을 보며 잘못 나왔구나 하는 생각이 들었다 했다. 이미 중년이 된 그녀를 보며 매우 실망했고, 그를 만나는 그녀도 얼마나 실망했을까 생각하며 후회했단다.

첫사랑에 대한 아련한 추억은 대화의 주제는 될 수 있겠다. 첫사랑의 상대가 아직 생존해 있다면 수필의 내용이 되어 구구절절 밝히기는 곤란하지 않을까 여겨진다.

작가의 친한 친구나 지인들은 아무리 가명이나 이니셜로 표현해도 누군지를 알 수 있을 것이다. 현재 생존해 있는 당사자나 가족들에게 심각한 민폐가 될 수도 있고, 개인적으로 간직하고 싶은 추억이 훼손될 수도 있을 것 같다.

  나는 가끔 작가들의 청년 시절 사랑의 경험담을 읽으며 아슬아슬한 줄타기 느낌이 든다. 시시콜콜 자신의 사생활을 과장하거나 각색하여 공개하는 사람들을 이해하지 못한다. 작가도 신비감이 있어야 한다는 생각이다. 소설의 내용이라면 '소설이니까' 하며 가볍게 지나칠 수 있으나, 수필의 내용은 작가의 진솔한 체험담이므로 심각한 결과를 초래할 가능성이 크다고 느껴진다. 나는 지금도 젊은 시절의 연애담을 쓰지 않는다. 첫사랑의 기억은 내게 영원히 남아 있는 나만의 비밀로 만족하기 때문이다.

• 문학 秀, 2022. 1~2.

나무계단 오솔길

내가 명예교수로 있는 대학에는 명예교수연구동이 있다. 아마도 국내에서 유일한 명예교수연구동일 것이다. 나는 8년 전에 연구동에 자리를 배정받아 입실했다.

연구동으로 걸어가려면 대학 정문 옆 미술관으로 진입하는 오솔길을 따라가서 미술관 현관으로 오르는 콘크리트 계단을 지나 나무판이 예쁘게 깔린 오솔길로 들어서야 한다. 이 길은 서울대 정문 버스 정거장 옆 미술관으로부터 ㄷ자 형이어서 콘크리트 계단을 올라 낮은 오르막으로 300걸음, 약 5분 정도 걸어와야 연구동 현관에 닿는다. 미술관 날개 층 아래에서 콘크리트 계단으로 오르지 않고 직진하여 언덕길로 오를 수도 있는데 이 길은 길도 아닌 돌과 흙이 범벅인 경사진 곳이었다. 특히 겨울에는 미끄러워서 위험했다. 수년 전부터 이 경사지고 미끄러운 흙과 돌길에 나무판자를 세워 넣어 나무계단 오솔길이 만들어졌다. 나무계단은 모두 50개여서 미술관 날개 아래 길에서 연구동 현관까지 일 분도 걸리지 않는다. ㄷ자 형의 돌아가는 길을 일 분 만에 가니 편리한 건 두말해서 무엇 하겠는가. 그 주위는 자그마한 숲이고 나무들로 차 있다.

명예교수연구동 앞으로는 엷은 하늘색 유리 건물인 대학미술관이 있다. 미술관 건물의 날개 모양 층 아래에는 옥외 카페가 있는데 주로 커피와 음료수를 시중 가격의 절반에 판다. 나는 대학에서 수십 년을 재직하고도 이 카페가 있는지를 몰랐다. 대학 정문 밖에서 미술관으로 가는 오솔길로 들어서야 이 카페를 만나게 된다. 미술관 건물의 날개 층 아래여서 일 년 내내 그늘진 곳으로 마치 다리 밑과 같은 기분이다. 한여름에도 그늘이 들어 시원하며 주변 숲의 내음이 짙다. 그늘 밑에 구비된 테이블에 앉아 지인들과 커피를 마시거나 홀로 차를 마시며 독서를 하거나 글 쓰는 작업도 해 볼 만하다. 또는 소모임도 할 수 있고 차와 함께 도시락 점심을 할 수도 있다.

나는 이 옥외 장소를 무척이나 즐긴다. 지인이 방문하면 이곳에서 대면하며 소모임도 이곳에서 한다. 점심 식사 후에는 동료 명예교수들과 커피를 마시며 담소한다. 이전에는 아르바이트 직원 한 명이 있었으나 지금은 최저임금보장과 코로나19 감염으로 주인 혼자 운영한다. 검은 고양이 한 마리도 상주한다.

나는 한 달에도 여러 번 나무계단 오솔길과 주변의 풍경 사진을 찍는다. 봄이 오며 새순이 나기 시작할 때, 초록의 숲이 우거질 때, 단풍이 들 때, 눈으로 덮일 때 등 사계절을 계속 추적한다. 내가 사계절에 걸쳐 찍은 사진들을 주변 지인에게 보내면, 그들은 여기가 어디인데 이리 분위기가 멋지냐고 묻는다. 명예교수연구동으로 오르는 미술관 옆 나무계단 오솔길이라 하면 '매일 출근할 만하다.', '아름다운 곳에 있네.' 하며 부러워한다. 외국인 지인들께 성탄절이나 신년 카드로 이 사계절 사진을 보내면 좋은 느낌과 공감을 받는다고 회신해 온다. 아마도 시간과 인생의 무상을 느끼는 모양이다. 나는 개인 산문집의 뒤 표지에 이 오솔길의 사계절 사진을 넣고 있다.

정문 밖에서 대학미술관으로 가는 오솔길로 들어서며 미술관 뒤편의 명예교수연구동으로 오르는 50개 나무 계단길이 나의 일상이 되었다. 돌아가지 않는 오솔길로 매일 출퇴근하며 여유 있게 건강하게 일상을 보내고 있다.

• 수필과비평, 2021. 2.

나의 대학원 시절과
잊을 수 없는 스승

1. 대학원 석 · 박사과정 시절

나는 공과대학 광산학과 67학번이며 71년 졸업할 때
는 학과 명칭이 바뀌어 자원공학과(현재 에너지자원공학과)로 졸업
하였다. 당시 자원공학과는 공릉동 공과대학 캠퍼스의 5호관 건
물에 있었다. 이 건물은 1943년에 건립된 경성광산전문학교 건물
이며, 현재 등록문화재 제369호로 보존되고 있다. 이 전문학교의
위치는 경기도 고양군 노해면 신공덕리(현재는 서울 노원구 공릉동)
였다. 해방 후 경성광산전문학교와 경성제국대학 광산학과를 통
합하여 국립 서울대학교 공과대학 채광학과로 개편되었으며 다
음에 광산학과로, 자원공학과로 개편되었다.

대학 4학년에 진급하면서 취직과 대학원 진학의 양 갈래 길에
서 고민을 좀 하였으나 그 시기에 취업은 국내 금속 광산이나 석
탄 광산 현장이 대부분이어서 동기생 대부분이 취업에 별다른 열
성이 없었다. 우리 학과는 대학원에 진학하면서 학생이 전공과 지
도교수님을 선정함이 일반적이어서 나는 응용지질 분야를 전공

으로 택하였다. 매년 대학원에 진학하는 학생 수가 한두 명 정도로 대단히 소수였으나 내가 대학원에 진학할 때는 복학생까지 합쳐 7명이나 되는 많은 학생이 대학원에 진학하였다. 인기가 좋은 물리탐사 분야에 3명, 석유공학 분야 2명, 암석역학 분야 1명, 그리고 응용지질 분야 1명으로 총 7명이었다. 그 7명 중 계속 공부하여 박사학위를 취득한 동료가 5명이었고, 대학교수로 재직한 동료가 3명이나 된다.

대학원 석사과정 중 지금도 기억나는 강의내용이 있다. 1970년대 초인 그 시기에는 학과에 교수님이 네 분이라 다른 전공 분야의 교수님 강의도 수강해야 했다. 예를 들면 물리탐사 분야 교과목 교재는 그 분야 전공 학생도 공부하기 어려운 원서였는데 수학적 공식과 유도과정이 많을 뿐만 아니라 중간 유도과정이 생략돼 있어 대단히 어려운 과목 중 하나였다. 문제는 교재가 교수님만 가지고 있는 원서밖에 없어 복사를 해야 했다. 복사도 각각 낱장으로 청사진을 뜨는 방식이어서 교재 한 권 전체를 복사하는 일이 만만치 않았다. 교재 내용도 어렵고 강의도 어려워 7명의 수강생이 고전하던 기억이 생생하다. 또한 고급 수학 지식이 필요하다 하여 응용물리학과 교수님이 개설한 수리물리(Mathematical methods for physics)를 수강하여야 했는데 강의내용이 만만치 않게 어려웠다. 강의하는 교수님이 반농담 삼아 "자원공학과 학생들이 왜 이렇게 어려운 과목을 수강하지" 하며 놀리던 기억이 난다.

1972년도에 석사학위 논문 주제가 인천시 부평 은(Ag)광산의 모암(유문암) 변질을 편광현미경을 이용하여 관찰하는 내용이었다. 실험실에는 편광현미경밖에 없는 실정이었다. 석사논문을 준비하면서 조암광물의 현미경 관찰에 대한 많은 경험과 지식을 얻었고, 나름대로 자원지질 분야의 한 부분을 연구할 수 있는 계기가 되었으나 외국 참고문헌 확보와 실험시설 부족으로 고전하기도 했다.

박사과정 중 병역의무를 마친 후 학과의 유급 조교로 근무하면서 공부와 연구 시간이 대단히 모자라는 환경이었음을 기억한다. 그 시기에는 병역을 마친 대학원생이 학과 조교를 최대 2년간만 할 수 있었다. 조교 봉급으로 경제적인 문제는 해결되었으나 학과 조교가 한 명이라 행정 업무가 만만찮았다. 박사학위 논문 주제는 열수광상 주변 모암에 나타나는 열수변질 현상과 미량원소들의 일차 분산 거동에 관한 내용이었다. 1970년대 중후반에는 이 주제가 내 전공 분야의 세계적 인기 주제 중 하나였다. 연구대상 광산은 국내 천안지역 금은 광맥 광상 수 개 지역을 대상으로 하였으며, 연구실에서는 처음으로 미량원소 분석기기 이용이 가능해졌다. 논문 주제는 응용지구화학 분야 중 지구화학탐사로서 이 시기를 기준으로 나는 응용지구화학 분야, 특히 광물자원탐사를 위한 암석지구화학에 많은 관심을 가지게 되었다.

학위논문을 작성하며 여전히 어려웠던 점은 외국 참고문헌 확보가 어렵다는 점, 학위논문 주제와 관련하여 조언해줄 박사급 전공인이 적었다는 점, 또한 유사 주제를 학위논문으로 연구하는 대학원생이 없었다는 점 등이었다. 1979년 2월 서울대에서 박사학위를 취득하자 요즘과 달리 세 곳(지방대학교 조교수, 정부출연 연구기관 선임연구원, 정부투자기관 과장)에서 취업 요청이 들어올 정도로 박사급 인력이 부족한 시기였다. 나는 공학박사 학위 취득 후에 모교의 교수가 되기 위해 일본 도쿄대학에서 박사후(Post-doc) 연구 생활을 계속했었다. 박사학위 논문을 작성하던 시기가 1970년대 후반이라 응용지구화학 분야에서는 기존의 지구화학탐사 분야뿐만 아니라 이미 환경지구화학 분야가 서서히 발전하던 시기였다.

1970년대 후반에 내 전공 분야에서 세계적으로 처음(1977년) 제안된 이론은 화강암류의 성인이 화성기원과 퇴적기원이고, 이 성인에 따라 금속광상의 종류와 형성환경이 지배됨을 제시한 이론이었다. 이 논문은 일본 학자와 호주 학자에 의해 거의 동시에 발표된 당시에는 대단히 획기적이고 새로운 개념이었으나 당시 관련분야를 공부하면서도 이 내용을 전혀 모르고 있었다는 점을 지금도 부끄럽게 생각한다. 그 이유는 이런 이론을 배울 기회도 없었고, 국제학술지를 탐독하거나 또는 국제학회에 참가하여 학문의 발전을 인지할 수 없었으며, 또한 동일 분야를 전공하며 같은 길을 가는 학문적 동료가 없었기 때문이었다.

대학원 시절을 회고해 보면 연구 분야의 전환점이 이루어진 시기와 도움을 주신 분들이 기억나며, 지금도 그분들께 심심한 감사를 드리고 싶다. 초기의 미숙한 연구 생활 중 아이디어를 창출하는 태도와 어떻게 연구를 추진해 가는지, 또 실험 결과를 요약·정리하는 방법을 가르쳐주던 교수님들과 연구진들의 성실하고 친절한 지도를 잊을 수 없다. 나에게 학문적 열심과 학자적 모범을 친히 보여주시던 그분들을 기억하며 배우려 노력하던 태도가 지난 32년여 교수 생활과 연구 정진의 바탕이었음에 다시 한번 감사드리고 싶다.

2. 잊을 수 없는 스승 – 홍준기 교수

나는 이당(二堂) 홍준기(洪準箕) 교수님을 자원공학과 2학년 때인 1968년에 처음 뵈었다.

선생님은 1912년 6월 29일 서울 종로구 경운동에서 태어나셨다. 일제강점기에 경성공립제1고등보통학교(경성고등학교, 현 경기고등학교)를 졸업하고(1932), 연희전문학교 수물과(數物科)를 졸업했다(1936). 일본 교토(京都)제국대학 공학부 채광학과를 졸업(1939)하였으며 교토대학에서 공학박사 학위(1972)를 취득하였다. 교토대학 졸업과 동시에 당시의 총독부 식산국(殖産局) 광산과 조사계에서 기수로 근무하여 고국 광업의 선구자가 되었고, 또한 지질조사소 물리탐광의 기초를 쌓아 올렸다. 해방 직후의 혼란한 시대에 미군정청 광무국 기사로, 산광(産鑛)과장으로 재직하면서 한국광업의 생산 책임을 담당하며 그 실력을 유감없이 발휘하였다. 선생님의 회고록 『흘러간 세월을 망각하기 전에』(1996)에 의하면 '해방된 조국에서 광업 행정을 반석 위에 올려놓고 앞날의 경제 부국에 기여하겠다는 대망의 이상을 간직하고 있었다'고 술회하고 있다.

선생님은 서울대학교 공과대학 부교수로 1948년 10월에 취임

하여 1977년 8월 정년 할 때까지 30여 년을 봉직하였으며, 광산학 분야에서 많은 제자를 배출하였다. 특히 물리탐사 개론 강의는 1950년대에 처음으로 선생님에 의해 시작되었다. 광산학과에 교수로 재직하던 초기에는 교수 요원 초빙이 어려워서 가르친 제자 중에서 후임자를 양성키로 장기 대책을 세워 교수 요원을 양성하였다. 또한 우수한 제자들은 국내 금속 광산이나 석탄 광산의 엔지니어로서 또한 현장 소장으로서, 정부투자기관인 대한중석광업주식회사, 대한광업진흥공사, 대한석탄공사의 엔지니어 및 임원으로서 광업 발전에 큰 역할을 하였다.

선생님은 1962년 4월 대한광산학회 창립부터 부회장으로 11년, 다음에 1973년 5월부터 1981년 4월까지 8년여 간 회장으로 봉사하였다. 회장직을 장기 집권한다 하여 총통이라는 별명이 이 시기에 붙은 것으로 알고 있다. 대한광산학회(현재 한국자원공학회)는 1964년 4월 사단법인으로 등록되었고, 1964년 3월에 학회지 창간호를 발간하였다. 선생님은 교수 재직 중 국내의 광산 개발과 관련하여 행정부나 정부 투자기관의 여러 위원으로 봉사하였다. 특히 금속이나 비금속, 석탄 광업회사를 설득, 학회기금 마련에 공헌하여 기금 팔천만 원을 적립하였다. 또한 개인적으로는 지난 1993년 학회에 장학기금으로 오천만 원(당시 아파트 한 채 값에 해당하는 거액이며, 현재로는 오억 원이 넘는 가치임)을 기부하여 전국 자원공학과가 있는 대학의 학부생에게 "이당(홍준기 교수) 장학금"을 1993년부터 수혜하고 있다. 필자는 상기한 일련의 모든 활동이 본받기 어려운 총통 스타일이라고 생각하고 있다.

선생님은 회고록(1996)에서 교수의 본분에 대하여 '학생들에게 심오한 학문의 진리를 탐구하게 하는 일도 중요하지만 단순히 고등 지식의 산매 행위가 아니라 고매한 인격의 형성, 인격적인 교양을 터득하여 한 분야에서의 지도자로서의 자질을 배양하고 진실한 인간을 만들어야 한다'는 소신을 가지고 있었다. 선생님은 학생들의 명예를 존중하여 무감독 시험을 실시하였고, 타율보다는 자율이 더욱 효과적이라고 믿으셨다.

"You are good honor student. Do not make spot on your heart" (그대들은 명예의 학생이다. 자네들 마음에 오점을 만들지 말라).

선생님은 졸업생 가운데 사나이다운 사나이가 많이 배출되었음에 자부심을 가지고 계셨다. 나는 학과 4학년 때 선생님 강의를 수강하며 실제 무감독 시험을 경험한 적이 있다.

나는 선생님과 연관된 몇 가지 에피소드를 가지고 있다.

대학원 박사과정 시절(1973년경)이었다. 학사과정 2학년의 전공필수과목인 암석학(Petrology, 3학점)을 담당하던 시간강사의 작고로 선생님은 필자에게 대강을 맡겼다. 당시 대학원 박사과정 1년차로서 학과 5년 후배들을 대상으로 한 전공 분야의 처음 강의였다. 당시 암석학 교재원서(Huang, W.T., Petrology. McGraw Hill, 1962, 480쪽)를 밑줄 그어 정독하며 달달 외우다시피 한 책이어서 내게는 매우 중요한 보관원서 중 한 권이다. 그 덕택에 암석학의 기초가 잡혔다고 생각한다.

나는 학과 조교 시절(1976~1978) 정릉동에 살았다. 돈암교 한옥에 사시는 교수님이 토요일 저녁 전화하여, "전 군 내일 오게" 하면 일요일 오전 선생님 댁으로 출근하여 원고 정리를 도와 드리곤 하였다. 일을 마치면 반드시 자택에서 식사하게 해 주셨음을 기억한다. 선생님이 회갑을 맞으시며(1972) 제자들이 회갑 기념 논문집을 준비할 때 그 기념 논문집의 편집과 교정을 맡아 발간하였다. 필자가 1980년에 일본 도쿄대학에서 가장 경제적으로 힘들고 또한 실의에 빠져 박사후 연구 생활을 하고 있을 때, 선생님께서 연구실로 보내주신 우편 엽서를 잊을 수 없다. 엽서 뒷면에는 "대기만성(大器晚成, 큰 그릇은 늦게 만들어진다)"이라는 한자 네 글자만 자필로 씌어 있었다. 그 당시 선생님의 크신 위로와 용기 주심에 울컥한 기억을 잊지 않고 있다.

필자는 지금도 선생님이 매년 6월 생신을 맞으면 자택에서 제자들이 생일 축하하던 모습을 기억하고 있다. 선생님을 잘 모시던 제자들과 또한 총통으로서의 위엄과 제자 사랑을 보여주시던 선생님을 잊지 못하고 있다. 선생님은 1989년 6월 29일 생신에 김인진 사모님과 회혼례(결혼 60주년) 축하연을 가졌다. 회고록(1996)에 의하면 교수님은 슬하에 4남 2녀를 두었으며, 손주 포함 모두 46명의 대가족을 이루었다 하였고 가족 중 선생님 포함 모두 네 명의 공학박사를 배출하였다 하였다.

선생님은 2002년 6월 11일 작고하셨다. 6월에 태어나셨으니 만 90세까지 장수하셨다. 내가 보기에 '자원공학과의 영원한 총통'이라는 전설은 잊히지 않을 것이다. 선생님이 보이신 교수로서의 신념과 처신 및 봉사는 우리 제자 교수에게 모범이 되었다.
나는 선생님 이후로는 학과의 진정한 총통은 더 없을 것이라고
생각하고 있다.

• 서울대학교대학원동창회,『나의 대학원 시절』, 2022. 4.

＊참고 자료
홍준기, 화갑기념 논문집. 1972, 160쪽. 홍준기 교수 회갑기념사업회.
홍준기, 흘러간 세월을 망각하기 전에. 1996, 182쪽. 서울대학교 출판부.

내 생애 최고의 순간

　　모교에 재직 중이던 2011년 7월경 학과장의 연락을 받았다. 모교의 학술연구상 수상 후보자 서류를 준비해 달라는 전갈이었다. 나는 학과장에게, 학내의 교수진이 총 2,100여 명 이상이다, 내가 소속한 공대 교수만도 300명이 넘고 워낙 저명한 분들이 많아 서류를 제출해도 들러리서는 일이라며 후보를 사양하였다. 학과장은 우리 학과에서는 적임자이니 서류 제출을 하여야 한다고 막무가내로 독려하였다.

　　그해 10월 하순 평소와 같이 아침 일찍 연구실로 출근하였는데 대학본부 연구처장의 축하 전화와 곧이어 공대 학장의 축하 전화를 받았다. 오는 11월 3일 학술연구상 수상자 6인 중의 한 명으로 선정되었다는 것과 수상 대표자로서 인사말을 준비하라는 전갈이었다. 수상자 6인은 인문대, 사회대, 자연대, 공대, 농생대, 의대의 교수 일인이라며, 상패와 상금을 수령하고 수상 이후 학내에서 특별강연을 하여야 한다고 하였다.

　　학술연구상은 탁월한 연구업적으로 학문 발전에 기여하고 대학의 명예를 높인 우수 교수를 선정 포상함으로써 학술연구를 촉진하고 대학 내 우수연구의 확대와 발전적 기회를 마련함에 그 목적이 있다. 후보자 제출 서류도 만만치 않아 서류 준비부터 쉽지 않은 일이었으나 제출하고 나서는 수 개월간 잊고 지냈다. 수상 연락을 받고 나서의 첫 느낌은 명예롭다는 생각과 지난 30여 년간 교수 생활의 보람이었다. 수상식 당일 교수님들과 대학원생, 교내직원과 가족의 축하를 받던 순간이 떠올랐다.

수상자 6명을 대표한 당시 인사말을 소개한다.

"먼저 이 시상식에 참석해 주신 모든 분께 감사를 드립니다. 오늘 받는 이 상이 제가 그동안 받아온 어떤 상보다도 영광스럽고 명예스러운 상이라서 기쁩니다. 학문적 능력이 출중하신 교수님들이 많음에도 제가 교수님들의 추천과 심사를 거쳐 받는 상이기 때문입니다. 저는 지난 30여 년의 교수 생활을 통해 아침형 인간이 되려고 노력하였고, 연구실에는 대학원생들과 함께 오전 8시 이전에는 출근하여 하루 생활을 시작함을 기본으로 하여 왔습니다. 실험실에서는

첫째, What is new today? (오늘 새로운 것은 무엇?)
둘째, What should I do next? (다음은 무엇을 하지?)
셋째, What can I do for you? (남을 위해 무엇을 할 수 있나?)

라는 질문과 반응으로 학생들의 교육과 연구 훈련을 시키며 저 스스로 모범을 보이려 노력해 왔습니다. 제가 교수 생활을 하는 동안 '전박사, 서울대 교수는 일당백의 능력을 발휘하여야 하네'라고 말씀해 주시던 선배 교수님, '조교수 시절에는 연구실과 실험실을 지키게'

하시던 은사 교수님, 학회장 업무로 학내 보직을 사양하자 '학교 일이 먼저입니다'라고 충고해 주시던 전임 공대 학장님- 돌이켜 보면 제게는 이렇게 훌륭한 멘토 교수님들이 계셨기에 이 자리에 오지 않았나 생각하며 감사드리고 있습니다.

교수는 학문적인 능력을 소속 학회에서, 게재된 국내외 학술지 논문에서 그리고 동료 교수로부터 평가를 받아야 마땅하다고 생각합니다. 학과 학부의 시니어(senior) 교수님의 멘토 역할이 매우 필요하고 중요하다고 생각합니다. 시니어 교수님들이 먼저 모범을 보이고 솔선수범하여야 존경을 받으며 멘토 역할이 잘 진행되리라 봅니다. 오늘 시상식 자리를 마련해 주신 총장님과 연구처장님, 그리고 우리를 추천하여 주시고 심사에 수고하여 주신 모든 동료 교수님들께 심심한 감사를 드립니다. 이 영예로운 자리에서 수상의 영광을 안으며 인사 말씀을 드리게 되어 더욱 기쁩니다.
감사합니다."

그동안 여러 학술 관련 수상을 하였으나 모교의 학술연구상 수상만큼 기쁜 순간은 없었다. 평소의 내 소신은 "최선을 다하고 기다리자"이다. 학문적인 명예를 중요시하였고 무리하고 과욕을 부리지 않으려 하였으며 공명심을 조심하며 유의하였다. 상을 받기 위해 교수 생활을 열심히 한 것은 아니었으나 그동안의 연구업적을 평가받아 수상하고 부상으로 상금을 받는 일은 보람 있고 명예로우며 기쁜 일이었다. 나는 부상의 절반을 대학발전기금으로 기부하였다.

그간 살아오면서 많은 기쁜 순간이 있었지만, 모교의 학술연구 상 수상이 내겐 최고의 순간이었다.

• 에세이스트, 2022. 7~8.

내 인생의 푸른 시절

내가 가장 좋아하는 색은 푸른색이다. 푸른색을 언제부터 좋아했는지는 기억이 없다. 평소에 푸른색과 파란색을 혼동하고 있었다. 푸른색에 대한 사전적 설명은 '맑고 선명한 색을 뭉뚱그려 이르는 말로, 주로 파란색과 녹색을 가리킨다. 파란색과 녹색이 섞인 청록색도 여기에 해당한다'이다. 예를 들면 푸른 하늘과 푸른 바다는 파란색 의미이고, 푸른 들판이나 푸른 숲은 녹색을 뜻한다. 푸른 청춘 또는 푸른 인생에서의 '푸른'은 '맑고 선명하며 신선한'이라는 수식어이다. 일상에서 푸른색, 파란색, 녹색이 자주 혼동될 될 때가 많다. 푸른색은 파란색과 녹색을 포함하나 파란색과 녹색은 엄연히 다르다.

파란색을 떠올리면 우선 내 양복 상의와 와이셔츠, 버스나 자동차 색, 내가 그렸던 수채화, 만년필과 볼펜, 편지지나 수첩, 내 책 표지, 파란색 바탕에 흰 글씨나 파란색 글자 등이 생각난다. 서양화 전시에서도 파란색을 많이 쓴 작품에 매료된다. BMW(버스, 지하철, 걷기) 애호가인 내가 아마 승용차를 소유한다면 파란색 차일 거다. 무더운 여름이 지나고 비가 온 후에 유난히 높고 맑은 파란색 하늘은 내게 일상의 기쁨을 더해 준다.

여러 나라를 여행하며 바다 색깔이 파랗지만 않음을 알게 되었다. 바다색은 연두색, 에메랄드색, 다양한 스펙트럼의 파란색, 진한 청색, 어두운 흑색에 이르기까지 다양하다. 파란색 바다가 역시 시원하고 생기 찬 느낌을 준다. 녹색의 범위도 매우 넓다. 봄이 오면 모교를 등지고 있는 관악산의 넓은 산 등허리 숲에서 연두색부터 녹색의 아름다움을 보곤 했다. 녹색의 범위가 이렇게 다양한지 몰랐다.

〈현대수필〉로 등단한 이후 가입한 동인지의 이름이 〈청색시대〉이다. '청색시대'라 하면 먼저 피카소가 떠오른다. 〈청색시대〉라는 이름보다 〈푸른 시대〉 또는 〈파란 시대〉가 더 낫지 않을까. '푸른' 또는 '파란'이라는 표현이 훨씬 부드럽고 시원한 느낌이 든다. "푸른"이라는 용어를 우리 사회에서 ~재단, ~친구들, ~기술 등 여러 조직 이름 앞에 쓰고 있다.

내 인생의 진정한 푸른색은 언제였을까. 희망에 부풀어 활기차고 꿈이 넘치던 푸른 시절이 있었다. 대학에 입학했을 때, 박사학위를 취득했을 때, 세계 최고의 대학에서 유학 생활을 할 때, 모교의 신규 조교수로 발령받았을 때, 연구비 지원으로 처음 외국에서 개최된 국제학회에 참석했을 때 등 인생에서 여러 차례 기쁘고 행복한 푸른 순간들이 있었다.

청년 시절부터 지난 50여 년을 회고해 보면 30대 중반 영국 런던에서의 일 년은 특히 내 푸른 전성기였다. 당시는 나 홀로 생활하는 젊고 건강한 자유인이었다. 체재비를 두 재단에서 받고 있어 경제적으로 여유가 있었다. 오랜 역사와 문화 전통을 지닌 나라의 세계적인 대학에서 내가 원하는 주제로 연구 생활에 전념할 수 있었고, 비싼 전공원서들을 구입하기에 어려움이 없었다. 그 시기에 습득한 새로운 학술연구 지식과 경험은 교수 생활의 밑거름이 되었다. 나는 지금까지 '내 전성기가 언제였지' 하고 자문하면 서슴없이 '런던에서의 일 년'이라고 떠오르니 내 인생의 푸른 시절이었음이 확실하다.

살다 보면 누구에게나 인생의 푸른 시절이 있었을 것이다. 모르고 지나가기도 하고 또는 놓치기도 할 것이다. 오랜 시간이 지나고 나서 아쉬운 생각이 나면 그나마 다행이다.

"맞아, 그때가 나의 푸른 시절이었지." 하면서 말이다.

• 월간에세이, 2021. 12.

땅굴 에피소드

　　오래전 강원도 철원지역 비무장지대에서 제2땅굴 견학을 한 적이 있다.

　국내 유명 문예지의 장기구독자로 신청, 등록했더니 장기구독자의 예우 차원에서 초청해준 견학 관광이었다. 이 땅굴은 철원군 북방 13km 지점 비무장지대에서 1975년 3월 발견되었다. 지하 50~160m 깊이의 화강암 암반에 너비와 높이가 각각 2m, 길이 3,500m 규모로서 대규모 병력을 이동시킬 수 있는 지하광장까지 갖추어진 엄청난 땅굴이었다.

　제2땅굴은, 귀순자의 휴전선에서의 땅굴 정보 폭로로 경기도 연천군 고랑포에서 1974년 11월 처음 발견된 지표 부근의 제1땅굴보다 규모가 큰 땅굴이다. 이 시기는 남북한 분단 이후 처음으로 남북관계가 변화되어 남북한 주민의 인도적 교류가 언급되었고, 마침내는 1974년 7.4 남북공동성명으로 화해 협력 분위기가 고조되던 때였다. 남북공동성명에서 통일은 자주적, 평화적, 민족적 대단결로 이루어져야 한다는 성명과는 달리, 북한은 뒤에서는 침략용 땅굴을 준비하였음을 보여 준 것이다. 1974년 광복절 행사에서의 대통령 저격 사건과 그해 11월 남침용 제1땅굴이 발견되면서부터 북한의 파렴치한 도발로 남북관계가 냉각된 시기이다.

　이 시기에 나는 모교 대학원의 박사과정 학생으로 하루 대부분을 연구실에서 보낼 때였다. 학과에는 땅굴 탐사 분야의 젊은 교수님이 계셔서 연구하는 모습을 보았고 심지어는 육군 본부에서 장교 한 명이 파견 나와 그 연구에 참여하고 있던 때였다. 나는 대학 재학 중에 전공학과에서 지하자원 개발을 위한 갱도(땅굴) 굴진공학이나 발파공학, 지하탐사공학 등의 전문 분야를 배운지라 땅굴에 대한 이해가 빨랐다. 문제는 암반에 굴착된 땅굴의 규모(높이와 너비 등)가 작아서 탄성파탐사 등 기존의 탐사기술로는 땅굴 발견이 어렵다는 점이었다. 귀순자의 땅굴 위치에 대한 정확한 정보와 그 위치 부근에서의 그물망 모양으로의 조직적인 암반 시추로 땅굴 공간을 발견하여야 했다. 이러한 조직적인 탐사시추로 발견된 대표적 땅굴이 제2땅굴이었다.

　이 제2땅굴을 견학하였을 때의 일이다. 견학과 식사를 마친 후의 토론 시간에서 이 문예지의 젊은 직원이 토론 모두에, "북한에서 이 땅굴을 팠다는 증거는 없습니다."라는 황당한 발언을 했다. 나는 모교의 교수 신분임을 밝히고, 전공이 암반에서의 갱도(땅굴) 굴착이나 발파 및 탐사공학 분야에 익숙하며, 특히 광산 갱도에서의 현장 조사 경험이 많은 엔지니어로서 원칙적인 설명을 했다.

이 땅굴 발견 시기에 석탄이나 금속 광산에서의 갱도 굴착 방법은 다이너마이트에 의한 천공발파이었다. 광산에서는 갱도 굴진을 위해 암반 내에 굴진 진행 방향으로 수평 구멍 20여 개 이상을 천공시추기로 1m 정도 깊이로 파고, 이 구멍에 다이너마이트를 주입하여 발파한다. 이 방법은 보통 8시간 교대에 일회 발파하여 약 1m 굴진한다. 따라서 3교대 24시간 계속 작업하면 하루에 약 3m 굴진한다. 일 년 계속 작업했다면 약 1,000m 정도 길이의 갱도(땅굴)가 이루어진다.

매우 깊은 심도가 아니면 발파 진동이 지상에서 느껴진다. 땅굴 굴진공사에서 발생한 막대한 분량의 파쇄 암석을 지하 좁은 공간에 저장할 수 없으므로 반드시 지상으로 운반하여야 하며 그 암석량은 산처럼 쌓일 것이다. 남한에서 굴착 공사를 하였다면 땅굴 벽에 천공 구멍의 방향이 남에서 북으로 뚫린 자국이 남아 있어야 하는데 천공 방향은 그 반대이다. 얕은 심도에서의 굴착과 발파를 한 경우 그 진동과 소음을 지상에서 민통선 안의 주민들과 사병들이 감지하게 되는데 아무런 신고가 없었다는 점. 이 땅굴 굴착 작업을 남한에서 사병들이 터널 기술자들과 하였다면 그 오랜 기간 비밀이 유지될 수 있을까. 지하에서 땅굴 굴진으로 발생한 암석 파편을 대규모로 운반해야 하는 데 이동 트럭이나 산처럼 쌓일 돌무더기를 오랜 기간 숨길 수 있을까. 또한 땅굴 안 벽에 쓰인 구호들이 모두 북한 측이 즐겨 쓰는 문구였다. 북한 측은 이 땅굴에 대한 수사를 유엔과 공동으로 착수하자는 제안을 거부하였다.

당시 국내 정세는 안보를 이유로 독재정치를 강화하고 연장하려는 시기였다. 이러한 땅굴 굴착과 같은 기술적인 문제는 전공 분야의 지식이나 경험도 없이 정치적 이념이나 고집으로 막무가내의 주장을 하여서는 아니 되며, 전공인의 공학적 설명과 확실한 증거로 주장해야 함을 강조했다. 내 설명이 끝나자 아무 반론이 없이 조용했다. 그다음 해부터는 견학 프로그램이 없어졌는지 내게 장기구독자의 견학 초대는 없었다.

• 수필과비평, 2022. 2.

몽블랑(Mont Blanc)

몽블랑은 "흰 눈이 덮인 산"이라는 뜻이다.

알프스산맥의 최고봉(4,807m)이며, 프랑스와 이탈리아 국경에 위치하는 화강암으로 된 산이다. 몽블랑 등반은 나의 여행 버킷 리스트 상위에 속한다. 20여 년 전 프랑스 리옹에서 니스행 기차를 타기 위해 하루 머문 적이 있다. 가까이에 있는 몽블랑 샤모니를 일정 제약으로 갈 수 없어 아쉬워하며 다음에 방문해야지 했으나 지금껏 못 가고 있다. 밀린 업무에 또는 시간이 없어 "다음에 들러야지" 하며 미룬 적이 한두 번이 아니었다. 내 경험으로는 여행은 일단 미루고 나면 다음의 실현 가능성이 너무 희박하다는 것이다.

몽블랑은 산 이름으로 유명하지만, 독일의 고가상품 이름으로 더욱 유명하다. 필기구, 가죽제품, 시계, 보석, 향수 등의 세계적인 브랜드 명칭이다. 특히 몽블랑 만년필은 값이 비싼 명품으로 유명하다. 이 만년필은 그 상표가 워낙 유명하고 비싸 이를 사용하고 소지하는 사람들이 제한적이다. 만년필은 펜촉인 닙의 정밀

한 수작업이 생명이라 한다. 흰 색깔의 몽블랑 스타 문양은 고가 브랜드답게 고급스럽다. 요즘 몽블랑 만년필은 종류에 따라 백만 원 정도 한다.

몽블랑 만년필과 관련하여 일화가 있다. 1950년대에 저렴한 볼 펜의 대중화로 몽블랑 만년필은 위기를 맞았는데 명품 이미지로 극복하였다 한다. 기자가 몽블랑 회장에게 "요즈음은 사람들이 일반적으로 볼펜을 사용하는데 누가 이런 고가의 몽블랑 만년필 을 구입하겠느냐"고 질문했다. 이에 회장은 "이 만년필은 인생에 서 성공한 사람들이 사용한다. 나는 성공한 사람이란 교양이 있 고 주변을 배려할 줄 아는 사람이라고 믿고 있다."고 답변했단다. 사람에 따라 성공한 사람을 돈을 많이 번 부자, 사회의 공직으로 출세한 사람, 명예를 획득한 사람이라고 할 수 있다. 나는 성공한 사람이란 재물을 많이 모으거나 출세한 사람이라는 말에는 공감 하지 않으며, 남에게 도움을 주는 인생을 산 사람이라고 믿는다. 교양이 있는 사람이란 독서와 글쓰기를 좋아하며 역사와 문화 및 예술을 아는 상식이 있는 사람이라고 생각한다. 요즘에는 여행이 일반화되어 있으니 국내외 여행을 즐기고 여행지의 역사와 문화 를 이해하는 사람이면 더욱 좋겠다.

모교 단과대학에서 20여 년 전 보직 교수를 맡고 있을 때였다. 그 시절 학장은 평교수가 보직교수 임기 2년의 봉사를 마치면 몽 블랑 만년필을 선물했다. 이때만 하더라도 몽블랑 만년필은 200 달러 정도였고 단연 비싼 선물이었다. 요즘 인터넷 검색을 했더 니 심지어 천만 원이 넘는 몽블랑 만년필도 있었다. 능력이 출중

한 동료 교수는 기획실장으로 4년을 봉사했다. 그는 4년 봉사를 마치던 날 "몽블랑 만년필을 두 개 받을 거라고 기대한다." 하여 나는 설마 하였다. 실제 학장은 그동안의 봉사에 고맙다고 몽블랑 만년필 두 개를 선물로 준비했다. 나는 "요즘 만년필을 잘 쓰지도 않는데 뭐 하러 두 개나…" 하며 의아해했으나 당사자는 "역시" 하며 무척 기뻐했다.

수년 전 선배 교수님께 내 두 번째 산문집 『평생의 인연』을 증정한 적이 있다. 이 책의 제목은 지나간 교수 생활 동안 내가 닮고 싶은 가장 존경하는 교수님을 그린 산문집이다. 이 책을 읽은 사모님이 부부 동반 모임에서 "제게 몽블랑 만년필 선물이 들어 왔는데 오히려 이 만년필은 전 박사님이 더 필요할 것 같아요" 하며 내게 주셨다. 내게는 선물로 받은 몽블랑 만년필과 볼펜, 샤프가 있다. 볼펜과 샤프는 부지런히 사용하고 있으나 만년필은 거의 사용할 기회가 없다. 만년필용 몽블랑 잉크도 별도로 있다. 나는 만년필을 사용할 기회는 별로 없어도 몽블랑 만년필을 가지고 있다는 사실만으로도 흐뭇하다. 원고 쓰기도 컴퓨터 자판으로 하고 있고 편지글 대신 핸드폰 문자로 대신하고 있으니 만년필을 쓸 기회는 매우 드물다. 만년필을 사용할 기회는 적으나 내 서재 테이블 위에 자기만족으로 사인용이라고 준비하고 있다.

나는 여전히 책 읽기와 글쓰기를 좋아하며 가급적 주위 사람들을 배려하려고 노력하고 있으니 교양 있는 삶을 살아온 것 같은데, 실제 인생에서는 성공한 삶을 살아왔는지 의문이 든다.

• 〈인간과문학〉 가을호, 2021. 9.

미술반에 대한 추억

　　결혼 후 분가하기 전 어머님이 내게 주신 둥글고 긴 서류통을 열어 정리한 적이 있었다. 이 통에는 초등학교부터 고등학교 시절까지 받은 여러 상장이 들어 있었다. 상장들 중에 내 눈길은 끈 것은 고등학생 때 받은 미술대회 입선 상장이었다. H대학교 주최 제7회 전국남녀중고등학생 미술실기대회에서 수상한 수채화부 입선 상장이었다. 당시에는 꽤 권위 있는 미술실기대회였다.

　　나는 고등학교 시절 미술반에 들었다. 1학년 초기에는 미술실에서 석고 흉상의 데생을 배우며 사물을 정확하게 그리는 연습을 하고, 다음부터는 이젤을 들고 나가 야외 사생을 했다. 3학년에 진급하기 전까지 2년간 일요일에는 주로 경복궁, 남산 및 당인리 발전소가 보이는 언덕에서 수채화를 그렸다. 전국대회에서 입선도 하고 가작도 했으며 내 그림이 교실이나 복도에 액자에 넣어져 전시되기도 했다.

　　미술반 지도 선생님은 S대학교 미술대를 졸업하신 분이었다. 당시 선생님은 내게 이번에 S대에 응용미술학과가 신설되니 장래성이 큰 분야라고 진학을 조언하였다. 3학년에 진급하며 부모님께 S대 응용미술학과에 진학하고 싶다고 상의드리자 단번에 거절하셨다. 내가 장남이니 공대나 의대로 가야 한다는 말씀이었다. 3학년 때 이과반으로 진급하며 미술 선생님께 집안 사정을 말씀드리고 아쉽게도 미술반 활동을 접었다. 미술반에서 친절하게 제자들을 아끼고 배려하며 지도해 주시던 선생님, 특히 내게 많은 사랑을 베푸시고 큰 기대를 갖고 미술대 응용미술학과 진학을 추천하셨던 선생님을 지금도 잊을 수 없다. 나는 이후 부모님의 뜻대로 공대로 진학하여 대학원을 거치며 가정교사며 연구 생활로 바쁜 학창 시절을 보냈는데, 바쁘다는 핑계로 고마우신 미술 선생님을 제대로 찾아뵙지 못했다.

당시 함께 미술반원이던 내 절친은 사립대학교의 유명 미술대로 진학하여 서양화를 전공하고, 대학원 박사과정을 거쳐 지방대학교의 미술대학 교수와 학장을 지냈다. 이 친구는 추상화를 전공하며 철학 서적을 많이 읽어 절반은 철학자가 되었다. 친구의 추상화 전시회에 초대받아 가면 작품을 이해하기 어려워 그의 설명을 듣곤 했다. 이 친구와 흉허물없이 여러 주제의 대화를 해보면 내게는 부족한 그의 자유로운 삶의 자세와 모습을 느낀다. 그는 자칭 자연주의자로서 세상을 바쁘게 살지 않고 여유가 있으며 정의감이 투철한 예술인으로서 교수 정년 후에는 농촌 생활을 즐기고 있다. 내게 계절마다 옥수수, 감자, 사과나 복숭아 등을 보낸다.

나는 교수로 정년 퇴임을 할 때까지 지난 수십 년간을 너무도 바쁘게 여유 없이 살아온 것을 종종 후회한다. 나는 아직도 응용미술을 전공했다면 내 인생은 어찌 되었을까 하는 미련을 두고 있다. 지금 응용미술은 시각디자인 실용 분야라고 하며 첨단을 달리고 있다. 응용미술은 예술작품이 아닌 실생활에 이용되는 장식이나 디자인, 또는 행사에 이용되는 상업적 미술 분야여서 실제 돈을 벌어야 하는 목적이 중요하다. 내가 대학에서 응용미술을 전공했다면 일 세대 응용미술 전문가 그룹이 되었을 것이고, 대학원에 진학하거나 유학을 했다면 그 분야의 일 세대 교수가 되었을지도 모르겠다. 그렇게 되었다면 아마도 경제적으로 상당히 여유 있는 응용미술가가 되었을 것이다.

공대 교수로 32년 재직하는 동안 내 연구실에서 석사 48명과 박사 20명이 배출되었다. 제자들 대부분은 전공 분야에서 나름 성공적인 생활을 하고 있다. 그러나 간혹 전공 분야를 떠나 다시 모교에 학사 편입하여 전공을 새로 시작하는 제자도 있다. 전공을 새로 시작하며 내게 그 부득이한 이유와 본인의 장래 희망을 얘기해 주면 나는 허심탄회하게 이해하며 섭섭해하지 않고 진심으로 격려해 주곤 했다.

내가 고등학교 3학년에 진급하며 미술대학 진학이 어려운 사정을 말씀드렸을 때 미술 선생님은 혹시라도 믿었던 제자에게 배신감을 느끼며 서운해하지 않으셨을까. 나는 지금도 고등학교 졸업 후에 선생님을 제대로 찾아뵙지 않고 무심히 보냈음을 후회하고 있다. 미술대로 진학한 내 절친은 선생님을 두어 번 찾아뵈었다는 소식을 들으면서도 말이다.

수년 전에 고등학교 졸업 50주년 기념행사를 할 정도로 세월이 많이 흘렀다. 내가 고등학교 재학 시절 미술 교사가 첫 직장이었다는 선생님이 생존해 계신다면 아마 88세이실 듯하다. 더 늦기전에 찾아뵙고, 미술반에 대한 추억이며 당시 내게 서운하셨던 일 등 선생님과 두런두런 이야기를 나눠보고 싶다.

• 한국수필, 2022. 6.

미워할 용기

아직도 가끔 꿈에 보이는 미운 사람이 있다.

나는 교수로 재직하는 동안 경험한 일로 잊지 못하는 미움이 있다. 내가 미워하는 인사는 주변 사람을 배려하고 도와주려는 자세가 매우 부족한 사람이다. 철저히 개인주의자이고 요즘의 유행 시사용어인 내로남불 형이다. 주변 사람들에게는 원칙을 지키라고 강하게 주장하면서 본인은 뒤에서 철저하게 자기 이익만 챙기는 형이다.

40여 년 전 모교의 조교수 신규 발령을 받았던 때이다. 일본 도쿄대학 연구실에서 박사학위후(Post-Doc.) 유학 생활 중에 발령을 받았다. 이 시기에 나는 경제적으로 몹시 힘든 상황이어서 도쿄에서 홀로 생활 중이었다. 나는 어린 자녀 두 명의 가장이었으나 일정한 수입이 없었다. 국내 연구소에 계약직으로 재직하는 아내의 적은 월급으로 간신히 버티고 있을 때였다. 조교수 신규 발령이 11월 하순에 갑자기 났으나 즉시 귀국이 어려웠다. 대학 연구실에서 내가 맡은 일도 정리하여야 해서 발령 일자보다 한 달이 늦은 12월 하순에 귀국하여 출근했다. 대부분의 신규채용 박사들이 외국에 체류하고 있고 신규 발령이 언제쯤 날지를 잘 모르기 때문에 귀국과 출근을 발령 일자에 맞추기는 매우 어려웠다.

서울의 집에서 12월 중순에 알려오기를 대학의 12월 월급봉투를 학과에서 집으로 전달해 주어 첫 봉급을 받았다 했다. 빈궁한 살림이었기에 아내는 너무도 기뻐하며 이 소식을 내게 전해 왔다. 그런데 수일 후 다시 연락 오기를 그 월급봉투를 학장이 명령하여 다시 회수해 갔다는 전갈이었다. 내가 대학에 한 달간 결근을 하였으니 월급을 회수하여 국고로 반납한다고 했단다. 그 후 내 봉급이 실제 국고로 입금되었는지에 대한 연락이나 공문은 없었다. 집에서의 실망은 보통이 아니었다. 워낙 생활이 어려운 상태였고 첫 봉급을 받았다는 기쁨이 순식간에 날아갔기 때문이었다.

만약 내가 학장 위치에 있었다면 달리 처리했을 것이다. 이 한 달 기간은 대학이 이미 종강하여 겨울방학 기간이고, 내가 발령받았을 때는 내 강의 과목도 없던 학기였다. 직무 태만도 아니고 외국대학 연구실에서 체류하고 있었는데도 말이다. 학장은 젊은 신참 조교수의 첫 봉급을 회수하여 국고로 반납한다고 통지하며 원칙을 고수하는 모습을 보이며 아무 힘 없는 신참에게 엄격한 기준을 적용한 셈이었다. 만약 본인의 경우였다면 그렇게 하였을까. 그는 다른 해결 방안을 모색했어야 했다. 부득이 월급을 회수할 수밖에 없다면 다른 방법으로라도 신참 조교수를 배려하여 주고 도와야 했다. 조교수 신규채용 직전의 어려운 경제적 형편을 잘 알고 있기 때문이다.

내가 그 위치였다면 첫날 출근하며 인사하는 신참 조교수에게 "지난달은 부득이 근무를 제대로 못 했으니 이번 달은 두 배 이상 열심히 근무하여야 할 것이네" 하며 아량을 베풀고 격려했을 것이다.

그 후 그는 내가 편집 경험이 많다는 소문을 들어 알고 있다며 새로 시작하는 단과대학 연보의 편집과 발간을 도와 달라고 했다. 내게 미안하다 또는 부득이했다는 말 한마디 없던 그리 모진 사람이, 학장이라는 지위를 내세워 도움이 필요하니 맡아달라는 식이었다. 그때 나는 당연히 그 요청을 거절했어야 했으나 신참인지라 그러지 못했다. 연장자가 되면 이리 뻔뻔해지나 하는 생각이 들 정도였다. 그는 자칭 원칙주의자로 젊은 교수들에게 마치 은사인 듯 훈계가 많았다. 학내에서 학생들의 민주화 집회와 데모를 막기 위해 수시로 교수들을 집회 현장에 소집하곤 했다. 정년 전에는 자신의 아들을 재직하는 학과의 신임 교수로 채용하려다가 제자 교수들의 반대로 무산되기도 했다. 월례 교수회의에서 정년퇴임한 교수의 연구실은 학과에서 즉시 회수하라는 지시를 매번 잊지 않았다. 하지만 정작 본인은 정년퇴임 이후에도 연구실을 비워 주지 않았고 그가 작고하고 나서야 연구실이 회수되었다.

모교의 중견 교수로 학과장을 맡고 있던 때였다. 학과 사무실의 젊은 남자 직원은 어린 자녀 둘의 가장으로서 책임감이 강하고 성실한 직원이었다. 그는 척추 질환으로 처음에는 병가를 내고 다음에는 일 년 중의 병가 휴직 기간을 다 쓰고도 병원 치료로 인해 장기간 출근을 할 수 없었다. 단과대학 행정실에서는 내게 수차 병가 처리의 어려움을 호소했고 급기야는 행정실 책임자와 담당 직원이 직접 찾아왔다. 장기 병가와 근무 불가능한 상태를 방치할 수 없어 그 직원을 해직할 수밖에 없다며 학과장의 동의를 요청했다. 특히 이 사실을 알고 있는 다른 직원들이 이런 상태를 투서나 진정을 할 경우, 책임자는 매우 곤경에 처하게 된다는 자기 입장을 강조했다. 나는 그때 "지금부터 우리 학과 직원의 병가와 휴직 등 장기간 근무 부재로 인한 인사 문제는 모두 내가 책임을 지겠다."라고 말하며 그 책임자를 설득했다. 몇 개월 후 우리 직원은 어느 정도 완치되어 근무를 계속할 수 있게 되었고 정년 때까지 성실하게 근무했다. 그때 나는 젊은 가장인 그를 병중에 해직시키려는 행정 처리가 너무 가혹하다고 생각했다.

나는 주변을 배려하고 도와주려는 자세가 교양인의 기본이며 성공한 인생을 사는 것이라고 믿고 있다. 한 공조직의 수장으로서 관리 책임을 맡는 인사는 내로남불 형이어서는 안 된다. 책임자는 맡은 조직의 식구들을 관리하고 배려할 줄 알며 인격적으로도 부하 직원과 한 조직을 책임질 줄 아는 인사여야 한다고 믿고 있다. 평소에는 상급자라고 직원들을 호령하며 다스리듯 하다가 막상 직원이 위급할 시에는 책임을 회피하고 전가하며 변명으로 일관하는 사람을 나는 몹시 싫어한다. 이런 인사의 공통점은 현실이 바뀌어서 어쩔 수 없다고 변명하며 말 바꾸기를 잘한다.

"나는 이 조직의 고참이고 원로로서 조직을 만들고 발전시킨 사람이다. 나는 너희들을 가르친 은사이고 너희는 내 제자이니 내가 마음대로 할 수 있다"는 아집을 지닌 인사가 조직에 있다면 얼마나 난감하고 힘들까. 나는 교수 생활을 통해 "내가 학과의 선임으로서 원로 교수가 되면 저러지 말아야지" 하는 반면교사의 경우를 많이 보았다.

나는 아직도 작고한 그 학장을 미워하고 있다. 사십 년이 지난 지금도 그 미운 인사의 언행이 생각나거나 비슷한 인간형이 보이면 기분이 언짢아진다. 이 글을 쓰고 나면 그 미움이 없어지기를 기대했다. 제삼자가 보면 나도 문제가 있다고 할지 모르겠다. 이제 내 나이도 칠십 중반을 향하고 있는데, 언제쯤 이 미움을 내려놓을 수 있을까 하고 깊은 호흡을 해 본다.

• 한국산문, 2021. 8.

배려와 베풂

나는 경제적으로 어려울 때 지인으로부터 경제적 도움을 받은 적이 몇 번 있었다.

40년 전 일본 도쿄대학에서 유학 생활을 할 무렵 당시에 이미 자녀 둘의 가장이었던 나는 경제적으로 매우 어려웠다. 그때 일본 엔화 환율은 원화의 세 배여서 원화 유학자금을 준비해 보아야 일본 엔화로는 1/3에 불과했다. 도쿄에서 혼자 생활하면서도 높은 물가와 방세로 고전할 때였다.

인도네시아로 출장 가며 나를 만나고 가겠다고 일부러 도쿄에서 일박하신 K 박사님이 있다. 그는 호텔 숙소로 나를 불러 아침 식사를 함께하고는 일백 달러를 주면서 유학 생활에 보태라 하였다. 아무리 사양하여도 선배가 주는 돈이니 받아야 한다 하였다. 당시 내 한 달 생활비가 삼백 달러 정도였으니 적지 않은 액수였다. 또 도쿄대학 아까몬(赤門) 앞에서 Y 선배님을 우연히 만났는데 일본 출장 중 도쿄대학을 방문하여 기념사진을 찍는 중이라 하였다. 저녁 식사를 함께하며 고생하고 있다고 오천 엔을 주고

갔다. 모교의 선배 J 교수는 내가 일본으로 출국 직전 공동연구자로 참여하던 연구 과제의 한 달 연구수당을 내게 주며 유학 생활에 보태라 하였다. 자비 유학을 준비하며 한 푼이 아까운 시기여서 경제적으로 도와준 세 분 선배님에 대한 고마움을 지금도 잊지 않고 있다.

35년 전 모교 조교수 시절 캐나다 토론토에서 개최된 국제학술회의에 논문 발표 차 출장을 준비할 때 왕복 항공료를 지원해 주신 선배 A 박사님도 잊을 수 없다. 이 시기는 교수의 국제학술회의 참석이 매우 드물었고, 연구재단이나 대학에서의 해외 출장비 지원이 거의 없던 시절이었다. 이 시기에 선배님으로부터 배운 사랑은 주위의 어려운 사람들을 물질적으로 배려하고 도와주는 마음과 실천이었다.

내가 직장인이 된 이후 지인들과 제자들의 경조사에 참여하는 일이 잦다. 제자들이 주례를 부탁하면 이들이 어디에 주례를 부탁할 수 있을까 하는 노파심으로 해외 출장이 아닌 한 허락하고 주례를 섰다. 주례자로 결혼식에 참가하며 축하 경조비를 내고 장소가 지방 도시이면 거의 하루 시간을 소비하여도 기꺼이 축하해 주었다. 나는 제자들이나 지인 자녀들의 결혼 주례를 맡게 되면 주례사에서 신랑 신부와 양가 부모님께 오늘 참석하신 하객들을 기억하고 이분들의 경조사에 빠짐없이 참석하여 보답하는 사랑을 권면하고 있다. 제자들이나 주변 지인들이 상을 당하면 해외 출장이 아닌 한 반드시 참가하여 애도를 표하곤 하였다. 직장 퇴직 후 가장 부담스러운 지출이 경조비라는 말도 듣고 있고, 퇴직 이

후에는 일체 경조사에 얼굴을 내밀지 않는다는 사람도 많다고 듣고 있다. 지난 이십 년간 나는 부모님의 부음과 아들딸의 결혼으로 여러 번 경조사가 있었는데, 그때마다 주변의 친지들이 보여준 배려와 친절을 잊지 않고 잘 보답하고 있다. 수년 전 유명한 소설가 한 분이 작고하면서 영결식장에 오는 문인들이 가난하니 부의금을 받지 말라는 유언을 했다는 기사를 보며 감동한 적이 있다.

나는 남에게 베풀면 베풀수록 그 좋은 사랑의 결과가 자기에게 또는 그 가족에게 돌아간다는 사실을 경험적으로 믿는다. 나이 들어가며 주위에 섭섭함을, 노여움을, 노욕을 보여주지 말고 말을 적게 하며 남을 배려하고 베푸는 모범을 보여주라고 권면하고 있다.

• 월간에세이, 2021. 2.

백수를 누리신 K 선생님과
이상적 교수상

　　내가 대학생 때 K 선생님을 강의실에서 처음 뵈었다.
당시 선생님은 전공 과정 교과목의 시간강사로 나오시던 때였다.
작은 체구에 깡마른 선생님은 그때 연세가 칠십이었다. 칠판에 판
서하며 교단에서 움직이실 때는 강의 도중 쓰러지지 않을까 걱정
되기도 했다. 선생님은 1900년에 태어나서 1999년에 작고하였으
니 백수를 누리신 셈이다.

　　선생님은 일제강점기에 현재의 서울대학교 공과대학의 전신
인 경성고등공업학교(경성공업전문학교)를 졸업하였다. 이 학교는
조선인의 입학 정원이 제한되어 있어 수재만이 입학 가능했다.
선생님은 그후 일본 규슈(九州)제국대학 공학부 채광학과를 졸업
하여, 광산개발 분야의 선구자가 되었다. 광복 이후에는 상공부
광무국장을 역임하며 국내 광산개발 행정의 역군이 되었다. 특히
광산 현장에 정통한 엔지니어여서 금속광업 분야 기업체의 기술
자문을 오랜 기간 맡으셨다. 내가 석사과정 학생일 때 선생님이
집필한『광산기계시설설계』(1971),『측량학통론』(1971)의 원고 정

리와 편집 발간을 도와드린 적이 있다. 그 후에도 『광산평가와 경영』(1974), 『자원개발공학통론』(1975)을 발간하시는 등 광산개발 현장에 정통한 엔지니어였다.

1962년에 창립된 대한광산학회(현재 한국자원공학회) 초대 회장으로 10년 이상 봉사하며 학회의 초기 안정화를 이룩하였다. 학회의 최고상인 서암상은 선생님을 기리는 상이다. 선생님은 자원공학 분야의 유일한 학술원 종신회원이었다. 금속광업회사의 사장을 역임한 학과 선배의 말씀을 직접 들은 얘기이다. 선생님은 학회를 창립하고 나서 산업계의 지원을 받으려고 이 선배의 광업회사를 방문했다. 선생님은 사장이 외출 중이어서 비서실에서 한 시간 이상 기다렸다 한다. 외출에서 돌아온 사장은 기다리고 계신 선생님을 만나 너무도 놀라고 죄송해서 두말없이 학회 찬조에 가입하였다 했다.

모교 공대가 현재의 관악 캠퍼스로 이전 직후인 1980년대 초에 선생님이 학과를 방문하였는데 이미 80세를 넘기신 때였다. 나는 이때 신참 조교수였다. 지팡이를 짚고 정문에서 경사진 오르막길을 따라 학과까지 오셨는데 30분은 걸었을 터였다. 가시는 길에 자가용으로 지하철역까지 배웅해 드린다 했으나 사양하셨다. 선생님은 정문까지 지팡이를 짚고 걸어 내려가서 버스를 타고 지하철역까지 가시겠다는 말씀이었다. 본인 건강을 위해서 걸어야 하며 평소의 소신이신 절대 민폐를 끼치지 않겠다는 의미였다. 우리 동료 교수들은 "선생님은 너무 존경할 점이 많아서 우리가 따라갈 수가 없다"라고들 했다.

선생님이 몸이 불편하여 거동을 못 하신다는 소문을 듣고 잠실의 작은 아파트 자택을 방문한 적이 있다. 아마도 작고하시기 몇 년 전 90대 중반일 거다. 선생님은 "정신은 말짱한데 단지 다리에 힘이 없어 앉아 있어." 하시며 나를 반기셨다. K 선생님은 평생을 고고하게 깨끗하게 사셨다. 당시 국내에서 가장 뛰어난 광산 현장 경험과 실력을 지니고 계셨으며 매우 겸손하고 조용하신 분이었다. 나는 이상적 교수상을 K 선생님에서 찾곤 했다.

지금도 기억나는 모습은 선생님이 71세이던 때에 우리 동기들의 학사과정 졸업 사은회에 초대했을 때였다. 선생님께 건강에 대한 덕담을 요청하자 세 가지를 말씀하셨다. 일상생활에서 과식하지 않으며, 무리하지 않으며, 여성을 좋아했다 하셨다. 특히 『소녀경』의 구승법을 말씀하여서 자지러진 적이 있다. 강의 시간에 근엄하고 농담 한마디 없이 전공 내용만 강의하던 분이었기 때문이었다.

"교수는 사회에서 일반적으로 항상 대접을 받는 인사"라고들 하나 나는 교수는 반드시 대접받는 사람이어서는 안 된다고 강조한다. 상황에 따라 교수도 지갑을 빨리 열라고 말한다. 예를 들면 택시 값이나 커피값, 또는 점심 식사비 정도는 그리 부담스럽지 않으니 제자나 지인이 지불하기 전에 미리 내라고 권면한다. 교수는 본인이 수고한 노력의 대가가 아니면 현금 봉투는 소액이라도 받지 말라고 조언한다. 주변에서 고마움의 표시로 선물을 보내면 절대 부담스러운 선물은 받지 말고 선물 내용물을 확인하라고 충고한다. 고가의 선물을 처음 받을 때는 "선물치곤 너무 고가인데" 하고 부담을 느끼지만, 자주 받게 되면 "선물인데 뭐"하며 일반적으로 익숙해진다. 마치 거짓말도 자주 하면 나중에는 본인이 거짓말하는지도 모르는 것과 비슷하다. 요즘은 김영란법 때문에 제자 학생들로부터 커피 한잔도 받지 말라 하고 있다.- 너무 심하다는 생각이 들기도 하지만 그동안 오죽했으면 그만큼 믿지 못하는 사회가 되었을까.

"내가 이 학과를 발전시킨 원로 교수이고 너희는 내 제자이니 학과 문제, 특히 신임 교수 채용과 같은 인사 문제는 내가 결정한다. 학과 교수회의에서 원로 교수 한 표가 젊은 교수 한 표와 같지 않다"라고 말하는 아집과 권위 의식으로 가득한 은사 교수가 있으면 참으로 난감하다. 나는 32년 교수 생활을 통해 깨달은 반면교사가 많았다. 원로 은사 교수는 후배 교수 또는 제자 교수를 배려하고 도와주며 격려를 아끼지 않아야 한다. 아직도 나이 팔십이 넘은 원로 은사가 고집을 피우고 제자들과의 회의 자리에서 얼굴을 붉히며 화를 내고 독단적인 처신을 한다면, 나는 그에게 "이제는 제발 모든 것을 내려놓으세요. 나이 든 제자들이 충분히 능력 있고 잘하고 있다. 노욕을 버리고 추해지지 마시라"고 당부하고 싶다.

지금은 30대가 제1야당 대표로 선출되는 세대교체 시대가 아닌가!

• 한국수필, 2021. 8.

사회주의 사실적 리얼리즘

'신은 과연 존재하는가' 하는 의문을 가질 때가 있다. 소련의 정치가 스탈린(1879~1953)을 떠올릴 때 나는 생각이다. 그는 43세에 집권하여 31년간 철권을 휘두른 독재자이다. 히틀러와 함께 내가 가장 혐오하는 인물 중 하나이다. 이런 인사가 74세에 병사하며 자연적인 죽음을 맞았다 하니 역사의 아이러니가 아닐 수 없다.

사회주의 리얼리즘은 소련작가동맹 제1차 회의(1934)에서 "예술가들에게 현실을 혁명의 발전과정 속에서 진실하게, 역사적 구체성을 가지고 묘사할 것을 요구한다. 현실 묘사의 진실성과 역사적 구체성은 노동자를 사회주의 정신에 따라 사상적으로 개조하고 교육하는 과제와 부합해야 한다"고 종용하였다. 이 시기의 친정부적인 대표적 문학인이 막심 고리키(1868~1936)이다. 고리키는 사회주의 리얼리즘 문학을 창조한 전형적인 볼셰비키 혁명작가로서 문단의 실력자였다. 1934년 조직된 소련작가동맹의 제1대 회장이었으나 2년 후 사망했는데,『어머니』가 그의 대표적인 혁명 장편소설이다.

　사회주의 리얼리즘에서는 한결같이 소련적인 것과 러시아적인 것을 강조했다. 혁명의 발전과 일치하지 않는 현실 묘사와 현실 비판적인 태도는 반소행위로 간주하였으며, 특히 풍자 형식을 빌린 시대 비판은 호된 제재를 받았다. 그 결과 소련 문학은 이후 생명력을 잃고 침체의 늪으로 빠지게 된다. 특히 '인민의 적'이라는 개념을 도입하여 자신에게 반대한 조직이나 사람에 대해서, 또한 자신의 변덕과 독단을 기준으로 자기 방침에 반대하는 것처럼 보이는 모든 것에 대해서 무지막지한 폭력을 행사했다. 특히 대숙청기(1937~1938) 사이에는 정치, 경제, 국방, 행정, 사법, 언론, 문화예술, 과학기술, 교육, 농업, 산업 등 전 분야에서 스탈린 체재에 조금이라도 비판적이면 모조리 숙청했다. 볼셰비키 혁명(1917) 이후의 내전, 스탈린 독재와 대숙청 및 사회주의 리얼리즘 선언 시기를 거쳐 스탈린이 사망할 때(1953)까지 많은 작가들이 고난과 강제적인 침묵과 고독 속에 부당하게 희생되었다. 이 시기에 사형 집행된 인원이 68만여 명이고 굴라크(강제노동)에서의 강제노역 중 질병 고문으로 약 14만 명이 사망했다는 공식적인 보고가 있다.

　다음은 사회주의 리얼리즘 시기에 고초를 겪거나 숙청된 대표적 작가들이다.

　미하일 불가코프(1891~1940)는 1906년 키예프 대학 의학부를 졸업한 소아과 전공 의사였다. 1919년 작가의 길을 시작, 1920년 전반기에 희곡 〈자기방어〉, 〈뚜르빈의 형제들〉, 장편소설 『백위

군』등 많은 작품을 발표했다. 그의 작품은 상징성이 강한 대사를 통해 전체주의 사회를 신랄하게 풍자했다. 그는 반 소비에트적이라는 비판을 받고 1929년 모든 작품의 출판 및 공연을 금지당했다. 그가 원했던 서방으로의 망명도 허락되지 않고, 오랜 세월 침묵을 강요당했으며, 혈압성 신장 경화로 시력을 잃는 등 고통을 겪다 1940년 사망했다. 그가 1928년 집필을 시작하여 사망 직전까지 수정과 보완을 거듭한 『거장과 마르가리따』가 최고작이다. 소비에트 정부의 검열로 인해 작가 사후 26년 만에야 빛을 보았다. 이 작품으로 그는 러시아의 우상으로 부상되었고, 그의 작품 세계가 재조명되었다.

안드레이 플라토노프(1899~1951)는 『체벤구르』(1929), 『코틀로반』(1930)을 완성했으나 공산주의 체제에 비판적이라는 이유로 정치적 탄압을 받으며 살아있는 동안 출판하지 못했다. 그의 15세 아들은 1938년 테러리스트로 음모를 꾸몄다는 이유로 2년간 정치범수용소에 수용되었다. 폐결핵에 걸린 채 풀려난 아들을 간호하다 본인도 폐결핵에 걸렸다. 제2차 세계대전 시에는 종군기자로 자원 참여했으며 전쟁의 참상을 알리는 기사와 단편을 썼다. 종전 이듬해에 발표한 단편 〈귀향〉(1946)으로 신랄하게 비판을 받으며 작품 활동을 금지당했고, 이어 가난과 폐결핵으로 1951년 사망했다. 그의 작품은 프랑스, 이탈리아, 네덜란드, 미국 등지에서 먼저 출판되었고, 소련에서는 사후 30여 년이 지난 1980년대 후반에야 출판되었다.

바를람 샬라모프(1907~1982)는 '20세기의 도스토옙스키'로 불리는 작가이다. 1937년 반혁명 트로츠키스트 활동으로 체포되어 콜리마(시베리아 북극권의 극동지역) 강제노동수용소에서 17년간 중노동을 하고, 스탈린 사후 기적적으로 생환했다. 석방된 후 모스크바로 돌아와 33편의 짧은 단편(산문)들로 구성된 『콜리마 이야기』를 1954년부터 쓰기 시작했다. 이 소설의 배경은 스탈린 시절인 1940년부터 콜리마 대로(2,032km) 건설공사에 수백만 명의 정치범을 동원하여 희생된 내용이다. 이 대로는 연인원 70만 명을 투입하고 27,000명이 사망한 강제수용노동자들의 '뼈 위의 도로(해골길)'라 한다. 콜리마 대로는 야쿠츠크(러시아연방 사하공화국의 수도)에서 콜리마강(북위 60~65도, 북해로 흐름)을 거쳐 오호츠크해 마가단(북위 60도) 항구까지의 연결 도로이다. 이 도로의 한가운데로 북극권(66.33도)이 지나는 매우 가혹한 추운 지역이고 금을 비롯한 희귀자원(구리, 텅스텐, 은, 다이아몬드)이 매장된 보고이다. 콜리마수용소는 가장 악명 높은 강제수용소로서 금광, 도로, 벌목, 수용소 건설에 동원되었고, 1932년부터 1954년까지 백만 명 이상이 희생되었다 한다.

보리스 파스테르나크(1890~1960)는 1958년 『닥터 지바고』(1945~1956 사이 집필)로 노벨문학상 수상자였으나 소련작가동맹은 "저주받을 작가, 조국에 침을 뱉은 돼지보다 못한 작가"라고 비난하며 제명하였고 국외 추방 위기에 몰렸다. 작가는 최고 권력자인 서기장 흐루쇼프에게 "조국을 떠난다는 것은 작가에게 죽음을 의미합니다"라는 탄원서를 제출하여 추방은 면하고 노벨상 수상을 거부하였다. 이 노벨상 스캔들로 작가와 『닥터 지바고』는 더욱 유명해졌다. 노벨문학상 거부 후 그는 고독과 실의 속에 2년 후인 1960년에 사망하였다. 페레스트로이카 이후 그에 대한 본격적인 복권 사업이 추진되기 시작했다. 1987년 1월 작가동맹은 '파스테르나크 문학유산위원회'를 발족시키고 그의 작품 출간 및 기념관 개관 사업에 앞장섰다. 『닥터 지바고』는 1988년 〈신세계〉 1월호부터 4월호까지 4회에 걸쳐 연재되었고, 러시아에서 처음으로 그의 단행본이 1989년 발간되었다. 또한 1989년도에 그의 큰아들 예프게니(1923~2012)는 노벨문학상을 대리 수상하였다.

알렉산드르 솔제니친(1918~2008)은 1945년 포병장교 근무 당시 친구에게 보낸 스탈린에 대한 짧은 불만의 글로 인해 재판도 없이 8년 형을 선고받고 스탈린 사망 시까지 수용소 생활을 했다. 1956년 흐루쇼프 시기에 명예 복권되었다. 단편 〈이반 데니소비치의 하루〉(1962), 『암병동』(1968) 등으로 1970년도 노벨문학상 수상자로 선정되었다. 이 시기는 브레즈네프(1964~1982 기간 집권) 체재여서 노벨문학상을 수상하기 위해 출국하면 귀국할 수 없다는 위협으로 수상식에 참가하지 못했다. 사회주의 사회에 현존하는 모순 및 비인도성과 잔학상을 고발하였고 인간 존재의 근원적인 질문을 던지는 작품 활동을 하였다. 솔제니친의 계속된 체재 비판으로 1974년 2월 체포되어 추방되었고, 러시아 시민권 박탈로 미국에 머물렀다[『수용소군도』(1973~76)]. 1990년대부터 러시아에서 솔제니친의 복권 운동이 일어났고 1994년 옐친 정부시기에 귀환했다. 2007년 국가공로상이 수여되었는데 푸틴 수상이 병환 중인 그의 집을 직접 방문하여 수여했다. 국가 지도자가 누구이냐에 따라 처벌과 대우가 달라지는 전형적인 사례이다.

그 이외에도 전체주의를 풍자한 예브게니 자먀찐(1884~1937, 『우리들』)의 생활고와 병사, 보리스 삘냐크(1894~1938,『벌거벗은 해』)는 체포되어 형장의 이슬로, 이삭 바벨(1894~1940,『기병대』)은 체포되어 처형되었다. 자유와 진리를 추구한 블라디미르 나보코프(1899~1977)는 망명 작가로서 『롤리타』를 출간했다.

스탈린이 사망(1953) 후 교조적 사회주의 리얼리즘의 절대적 권위는 흔들리기 시작했다. 다음 권력자인 흐루쇼프(1953~1964 기간 집권)의 스탈린 격하 운동과 함께 그의 동상은 모두 치워졌다. 사회주의 리얼리즘의 폐단이 지적되며 반체제문학이 성행했다. 특히 일리야 에렌부르그(1891~1967)의 『해빙』(1954)은 소련 해빙 기문학의 시초로 새 흐름을 제시한 작품으로 유명하다. 그러나 흐루쇼프 다음의 브레즈네프(1964~1982 집권) 체재는 다시 스탈린 시대로 복귀되었다.

국가 지도자가 문학 활동까지 간섭하는 비정상적인 시기에 작가들의 자유로운 체제 비판과 저작 활동은 거리가 멀었다. 더 어처구니없는 것은 최고 위정자가 누구냐에 따라 소설이나 희곡 작품에 대한 판단 기준이 달랐다. 전체주의 현실을 비판하거나 풍자하면 '인민의 적'으로 몰아 수용소로 보내거나 숙청했다. 심지어는 노벨문학상 수상 여부까지 간섭하는 강제성과 허울 좋은 사회주의 리얼리즘으로 족쇄를 채웠다.

일제강점기 시절 우리 사회주의 경향의 문인들은 러시아가 공산혁명으로 군주와 귀족을 몰아내고 국민 모두 평등한 사회가 되었다고, 또한 사유재산이 없고 토지가 공평하게 분배되는 이상적 사회가 되었다는 감언이설만 믿었을 것이다. 군국주의 일본을 미워하며 제정 러시아가 사회주의 연방 국가인 소련으로 바뀌었다고 흥분하고 이상향으로 현혹되었을 것이다. 이들은 소련이 사회주의 리얼리즘이라는 어용 정책으로 문인들을 핍박하고 처형하며 강제수용소로 보내는 만행을 알고나 있었을까. 1930년대 중반부터 러시아문학사에 등장하는 사회주의 리얼리즘은 너무도 터무니없는 문학에 대한 정치적 족쇄였다. 하지만 그 무엇도 위대한 붓의 힘을 꺾지 못한다는 걸 우리는 안다. 억압의 시대에 나온 훌륭한 작품들이 그 증거이다.

• 〈리더스에세이〉 여름호, 2022. 8.

연말 선물

　　마치 하늘이 무너져 내릴 듯 황당하고 아찔했다. 내가 이런 실수를 하다니!

　며칠 전 금요일 늦은 오후 퇴근길이었다. 지하철 7호선 반포역에서 개찰구를 빠져나오려고 습관적으로 바지 오른쪽 주머니에 승차 카드가 든 작은 가죽 지갑을 꺼내려 했으나 없었다. 지하철을 탈 때 분명히 그 손지갑으로 개찰구를 거쳐 왔는데 오는 동안 지하철 안에서 없어진 셈이었다. 다시 침착하게 코트와 바지의 양 주머니와 상의 주머니를 모두 뒤져도 지갑은 없었다. 이 중요한 지갑을 잃어버리다니 어이가 없었다. 나는 지하철 안에서 소매치기를 당한 건가 또는 지갑을 홀리지 않았나 생각했다. 긴 코트를 입고 있어 바지 주머니를 소매치기당하기는 어려울 것 같았다. 개찰구 옆의 안내사무실에 사정을 얘기하자 신분증 제시를 요구했는데 주민등록증도 그 지갑에 있었다. 명함 크기의 검은색 가죽 지갑에는 승차 카드와 주민등록증, 명함 몇 장, 신용카드가 아닌 여러 종류의 카드들(도서 카드, 할인 카드, 회원증 카드 등 십여 개)과 비상금 오만 원이 들어 있었다. 승차 카드 재발급이야 어렵지 않으나 문제는 주민등록증이었다. 안내사무실에서는 우선 주민등록증과 승차 카드 등이 든 검은색 가죽 지갑 분실신고를 서울교통공사 유실물센터에 하고, 주민등록증과 승차 카드는 동사무소에서 별도 신청하라 했다.

나는 어린 시절부터 중요한 물건을 잃어버린 적이 거의 없었다. 더욱이 신분증이나 여권 또는 현금이나 신용카드를 잃어버린 적은 단 한 번도 없었다. 국내에서나 해외여행 중에 소매치기를 당한 경험도 없어 이 문제엔 자신감이 있는 편이었다.

분실로 인한 망신을 당한 경우가 한 번 있었는데, 30대 후반 시절 만취하여 귀가하면서 그날 새로 맞춘 안경을 택시에 놓고 내린 적이 있었다. 그 이외 소소한 분실 사건으로 우산, 가죽장갑 한 짝, 스틱, 머플러 등을 버스나 지하철에서 또는 길에서 잃어버린 정도가 전부였다.

지하철 7호선 반포역에서 9호선 사평역 방향으로 걸어오는 십여 분간 많은 생각을 했다. 어쩌다 내가 바지 주머니의 지퍼를 잠그지 않아 소매치기를 당했는지, 지하철에서 지갑을 흘리고도 바지 주머니의 불룩한 감촉이 없어진 것을 몰랐는지, 어떻게 내게 이런 일이 일어났는지, 집에 가서는 뭐라고 얘기해야 할지. 지하철 승차 카드와 주민등록증 재발급은 자신에게 얼마나 창피한 일인가. 지갑에 접어 넣은 비상금 오만 원을 분실한 것이 아깝다는 생각은 들지 않았으나, 내게 중요한 여러 장의 도서 카드와 할인 카드, 회원증 카드를 새로 신청하고 발급받는 일은 참으로 번거로운 일이었다.

반포역에서 나와 J아파트 단지를 남쪽으로 가로질러 사평역을 지나가야 집으로 빠르게 가는 동선이다. 아파트 단지를 걸어가며 생각할수록 어처구니가 없고 답답했다. 이 단지를 타원형으로 둘러싸고 있는 나무숲 산책길은 한 바퀴 도는 데에 삼십여 분 걸리는 멋진 길이다. 평소에는 반포역에서 내려 일부러 이 산책길을 돌아서 만 보를 채우곤 했다. 그러나 이날은 난감한 마음에 곧바로 사평역 지하도를 지나며 화장실을 거쳤다.

"앗! 세상에!"

손을 씻고 바지 오른쪽 뒷주머니에 든 손수건을 꺼내려 하자 가죽 지갑이 함께 잡혔다. 지갑을 찾았다는 안도감보다 황당하기 짝이 없었다. 지하철 개찰구를 통과한 후 지갑을 바지 오른쪽 주머니가 아니라 오른쪽 뒷주머니에 넣은 것이었다. 나는 지금까지 지하철 승차 카드가 들어 있는 지갑을 바지 뒷주머니에 넣은 적이 한 번도 없었다. 뒷주머니에 넣은 지갑은 소매치기에게 가져가라는 암시라고 여겼다. 어떻게 이런 일이 일어났는지 불가능한 일이었다. 주민등록증을 분실하지 않아 천만다행이나 어찌 이런 변괴가 있을 수 있는지 궁금했다. 이것이 설마 건망증이나 치매 초기현상인가.

사평역에서 집으로 걸어오는 십여 분간은 반성의 시간이었다. 대학 정년 이후 나름의 몇 가지 각오 중에 "서두르지 말기"와 "앉았던 자리 다시 뒤돌아보기"가 첫째였다. 요즘 방심하며 바지 옆 주머니의 지퍼를 잠그지 않고 활보했다는 생각이 났다. 주민등록증은 별도로 다른 지갑에 보관해야겠다. 최근에 연말을 맞으며 말도 많이 하고 방만해지기도 했고 허둥대기도 했다는 자성도 했다. 앞으로 좀 더 신중해지고 조심하며 조용한 사람이 되어야겠다고 나 자신을 되돌아보게 해 준 연말 선물이었다.

• 한국산문, 2022. 2.

영화 〈김일성의 아이들〉 감상

작년 6월 25일 한국전쟁 70주년을 맞으며 영화 〈김일성의 아이들〉이 개봉되었다. 김덕영 각본·감독의 상영시간 85분짜리 다큐멘터리 영화였다. 김 감독은, 북한 출신 남편을 60여 년이나 기다리는 루마니아 여인이 부쿠레슈티에 살고 있다는 정보를 2004년 처음 듣고서 '1950년대 동유럽의 시간 속 여행'을 하였다. 그는 전쟁과 죽음을 겪은 북한 아이들의 행적을 15년간 50회 이상 방문하며 추적했다고 했다.

한국전쟁 당시 10만여 명의 고아가 발생하였다. 남한은 미국을 위시한 자유국가에 고아 입양으로, 북한은 동구권 국가에 보호 요청을 하였음이 알려져 있다. 공산 진영의 종주국인 소련의 지령으로 사회주의 국가의 전쟁고아 보살핌이 자본주의보다 더 낫다는 선전 효과를 목적으로 수행되었고, 사회주의 강화와 이념을 선전하고 사회주의 국가의 연대 강화가 목적이었다.

평양을 출발 시베리아 철도로 모스크바를 지나 동유럽 5개국으로 이동된 아이들의 수는 루마니아에 2,500명, 폴란드에 1,000

명, 체코에 700명, 헝가리에 500명, 불가리아에 500명으로서 총 5,000명 정도였다. 이 기록 영화는 아직도 생존한 아이들을 가르친 현지인 교사들과 현지인 동창들과의 인터뷰와 증언으로, 또한 관련 기관이 보관하고 있는 사진 자료 제공 등으로 60여 년 전의 상황을 생생히 보여주고 있다. 동유럽 땅 곳곳에 1953~59년 기간 북한 아이들이 공부한 흔적과 휴머니즘을 볼 수 있다. 영화는 〈고향 생각〉 노래를 배경음악으로 진행된다.

루마니아 기록 필름보관소의 영상 필름(4분 30초)에서는 열차에서 내리는 북한 아이들의 사진이 선명하다. 아이들은 낯선 곳에 도착한 불안감과 전쟁을 피해 왔다는 안도감이 교차하는 표정을 보인다. 폴란드 프와코비체 국립중앙제2학원에는 선생님과 북한 아이들의 사진이 남아 있다. 북한 아이들의 학적부에 이름과 학교생활이 기록되어 있고 서울 출신 아이도 있다.

폴란드 오트보츠크(바르샤바에서 남동쪽으로 20km)에 있는 작은 오벨리스크에, 또한 체코 발레치 시골 마을에 있는 중세 바로크 양식의 작은 오벨리스크에도 1953~59년까지 체류하며 공부한 후에 갑자기 떠나면서 이별을 아쉬워하는 북한 아이들의 이름 흔적이 남아 있다.

북한 전쟁고아학교 기숙사에서 헌신적이었던 체코 여성 교사(마리아 코페치카)는 1956년에 돌아간 아이들에 대하여 1952~56년 기간의 앨범을 보이며, 아이들이 보낸 "사랑하는 엄마에게" 편지를 보여주고 있다.

불가리아인 동창 할머니들과 할아버지들도 당시를 증언하고 있는데, 당시의 북한 아이들이 살아 있다면 현재 77세 정도라고 했다. 떠나기 전의 아이들은 16세 내외여서 고등학교 1학년 나이이다. 나보다는 몇 살 많은 나이이나 거의 같은 세대이다. 그들에게 귀송 열차와 갑작스러운 이별은 충격이었다.

불가리아 파르보마이(소피아에서 동쪽으로 200km)에서 북한 아이들과 함께 공부한 교사 동창 등 생존자들은 70년 전 함께 공부하고 운동하던 북한 아이들을 기억하며 증언하였다. 심지어는 "장백산 줄기줄기~~" 등 북한 애국가와 장군 노래(1947년 작곡)를 우리말로 부르며 기억하고 있었다. 1952년 12월 파르보마이에 처음 온 아이들과 기차를 기억했다. 북한 어린이와 불가리아 어린이를 짝으로 하여 언어를 배웠다 한다. 기숙사 사감과 요리사 아주머니를 엄마라고 불렀다. 유럽인 교사의 헌신적 노력과 순수한 인간애, 사랑과 우정으로 돌보아주는 사람을 어머니 아버지라고 불렀고 고아라는 말을 쓰지 못하게 했다. 불가리아는 나라 자체가 어려움에도 무리하며 전쟁고아를 돌보았고 눈시울이 붉어지며 안부를 전하는 불가리아 동창생들의 모습이 감동적이었다.

루마니아 전쟁고아 교사의 증언에 의하면, 1953년 루마니아 보관의 기록 필름에서 아이들의 규칙적 생활, 엄격한 규율, 아침에는 김일성 찬가. 군대식 질서- 10명 남짓 소조를 구성하여 그중 반장이 한 명. 군대식 열병, 제식 훈련- 와 개인의 자유가 허용 안 되는 모습 등은 유럽의 어린이 모습과 달랐다 했다. 군대식 열병과 제식 훈련 등은 일종의 작은 군대처럼 보였고, 엄격한 군대식 질서와 사회주의 조국에 대한 자부심을 고취하고 개인보다 집단이 중요하다고 가르쳤다. 눈시울이 붉어진 채 안부를 전하는 동유럽인 교사와 동창 친구들은 부모와 친구가 되어 순수한 사랑과 뜨거운 우정을 보여주었다. 1961년까지 편지 왕래가 가능하여 기꺼이 부모와 친구가 되었다 했다. 이 영화에서는 동유럽 5개국에서의 북한 어린이 생활을 담고 있고, 또한 유럽인 교사들과 함께 공부했던 유럽인 동창들의 증언과 사진 제공을 담고 있다. 그 시절로부터 이미 60년 이상이 지났음에도 이들은 여전히 북한 아이들이 잘 쓰던 용어들, "오라", "가라", "뒤돌아 가", "앞으로 가", "새끼야", "아파", "어머니"를 한글로 기억하고 있었고 아이들이 매일 아침 부르던 "김일성 찬가" 노래를 우리말로 부를 정도로 정확히 기억했다. 당시 나이가 16세 정도인 아이들도 있어 우정이 사랑으로 바뀌기도 하였고, 북한 교사들의 연애로 10여 명의 동유럽 여인이 북한 남자와 결혼하였다.

북한인 남편(조정호)을 기다리는 루마니아 부쿠레슈티에 사는 여인- 제오르제타 마르초유(당시 19세, 현재 87세)는 1953년 봄 19세 미술 교사로서 조정호 교장을 만났다. 당시 조정호는 기숙학교 교장으로서 책임감이 강하고 북한 어린이에 헌신적이었고 사랑의 감정이 충만했다. "우정에는 국경이 없습니다."라는 말을 시작으로 연애를 시작했다. 남편 조정호(당시 26세, 현재 나이는 생존해 있다면 95세)는 1952년 부쿠레슈티에서 외곽으로 100km 떨어진 곳에 기숙학교를 세웠다. 그들은 4년간 비밀 연애 후 1957년 1월에 공식 결혼하고 1958년에 딸 미란이 태어났다. 북한으로의 소환으로 1959년 9월 그녀는 남편과 함께 시베리아 열차를 타고 평양으로 향했다. 북한 경제가 어려워지고 외국인과 외국 사상을 배척하는 주체사상으로 외국인을 추방하고 이혼을 강요했다. 그들이 1960년 헤어질 당시 딸 미란은 2세였다. 남편은 갑자기 실종되었고 지난 60년간 무소식이라 했다. 1962년 북한은 폐쇄를 본격적으로 시작하고 경제적으로 어려웠다. 그녀는 1962년 딸과 함께 북한을 떠나 루마니아로 돌아왔으며 실제 결혼생활 기간은 5년에 불과했다. 헤어진 남편의 생사조차 모르고 있고 유일한 딸은 아버지를 사진으로만 기억하며 편지글 쓰기도 부녀가 비슷했다. 그녀는 남편을 다시 만날 수 있으리라는 희망으로 30년간 한글 공부를 했고 루마니아-한국어 사전(단어 16만 개 수록)을 편찬, 한글 한문 루마니아 순으로 정리했다. 그녀의 언급에 의하면 폴란드 선생의 질문에 북한인 답변은 "우리는 당이 허락한 것만 할 수 있다."고 했다.

1977년 신산 탄광으로 남편이 일하러 간다는 마지막 연락을 받았으나 1983년 실종되었다. 국제기구를 통해 또는 루마니아 주재 북한대사관을 통해 생사를 확인하려 하고, 남편의 유골이라도 찾으려 시도했으나 무회신, 무소식이었고 생사 확인을 신청하면 모른다 하고 회신도 없다 했다. 사회주의 이념도 막지 못하는 사랑과 애정, 이념을 초월한 사랑 이야기이다. 아직 남편이 살아 있을 것이라는 기다림과 숭고한 사랑이다. 이제 딸은 63세 중년이 되었다. 북한은 간절한 기다림과 사랑을 무시하는 집단임을 알 수 있다. 그녀는 "나의 사랑하는~~"으로 시작하는 남편의 편지를 기억하고 있다. 인생은 추억과 추억 사이를 흐른다. 그 헌신적 사랑 이야기, 자유에 대한 갈망, 고통과 애절한 슬픔이 담겨 있다. 그녀는 지금도 동방정교회에서 남편을 기억하며 살아 있는 자를 위한 제단에서 기도한다 하였다.

소비에트연방(소련)의 최고 권력자인 스탈린(1878~1953 생존, 1924~1953 장기 집권)이 1953년 사망하자, 다음 권력자인 흐루쇼프(1894~1971 생존, 1953~1964 집권)의 스탈린 격하 운동과 함께 동유럽의 자유화 분위기가 발생하였다. 특히 1956년 헝가리 부다페스트에서의 자유화 물결 데모에는 북한 학생 2명이 참가하여 1957년 이후에는 북한 아이들은 헝가리에 머물 수 없었다. 1956년 6월 김일성의 동유럽(폴란드 불가리아) 방문 기간 동안 북한에서는 친소, 친중 세력의 외교 노선 변화와 반 김일성 쿠데타의 증거, 내부의 권력투쟁과 외교 노선 변화로 인해 동유럽과 불편한 관계가 되었다. 북한은 1956~59년 사이 동유럽의 북한 아이들을 북한으로 송환을 시작했고 아이들 가운데는 떠나기 전에 16세 정도의 남학생과 여학생도 있었다. 시베리아 열차로 북한 어린이를 송환하며 북한의 여러 역에 각각 분리하여 하차시켰으며 심지어 아이들이 자유사상을 가질까 봐 두려워했다. 1957년에는 해외 체류 중인 북한 주민을 소환하기 시작했고 북한 전쟁고아, 교사 가족, 유학생, 기술연수생을 소환했다.

1957년 5월 폴란드 프와코비치 양육원의 북한 학생 두 명이 오스트리아로 탈출을 시도하다 국경에서 체포되어 북한으로 강제 송환되었다. 폴란드 바르샤바에서 북한 기술자 및 북한 젊은 유학생이 미국 프랑스 대사관에 보낸 서유럽으로의 탈출을 도와 달라는 편지로 접촉하려다 적발되어 북한으로 소환 정치범 수용소로 보내졌다. 북한은 1959년 12월의 주체사상 탄생으로 외국인을 배척하였다. 내게 가장 큰 충격을 준 기사는 원둔천(10세)이라는 북한 어린이가 걸어서 폴란드까지 가겠다고 북한의 국경 넘어 몽골 중국 국경 늪지대에서 기아로 사망하였다는 보도였다. 이 기사를 보는 순간 나는 입 아래 침샘이 경련하며 그 처절한 가엾음과 비참함을 처절히 느꼈다.

북한은 아이들이 자유에 눈 떠가는 분위기가 불편했을 것이다. 사회주의 공산국가에서는 자유라는 용어에 매우 민감하다. 국내 정치인 중에도 대한민국이 추구하는 "자유민주공화국"이란 명칭에서 "자유"라는 용어를 삭제하려 하는 무리가 있다. 보수는 자유를 우선으로 하나 진보는 평등을 우선으로 한다. 자유라는 개념은 개인의 이익을 우선하기 때문이다. 자유라는 용어를 삭제하면 개인의 이익보다는 집단과 조직(당)의 이익을 우선할 수 있기 때문이다. 개인의 자유보다는 단체와 조직의 이익을 우선한다는 이념은 표면상 내세우는 이유이며, 실제로는 소수 집단의 독재를 종신토록 유지하고 일부 집권층의 부귀와 호화로운 생활, 권력 유지가 목적이다. 정치 권력을 유지하기 위해 경쟁 반대파는 온갖 죄목을 붙여 무자비하게 척결한다. 최고 권력자 한 명을 중심으로 권력 집단을 구성하고 서로 감시하는 체재가 폐쇄된 북한 권력 집단의 모습이며 지금도 계속되고 있다.

공산 사회주의 국가에서는 우선 여행 이동의 자유와 언론(글쓰기와 말하기)의 자유가 없다. 서민의 평등을 우선한다는 명분으로 지시와 명령, 규제와 감시에 능숙하며 특히 독재 유지를 목적으로 체제에 순종하는 인간을 만들어 낸다. 한 번 권력을 잡으면 죽기 살기로 체제 유지를 위해 수단 방법을 가리지 않는다. 그들의 유명한 어록 "목적 달성을 위해서는 모든 수단과 방법이 정당화된다"는 황당한 신념으로 처신한다.

우리 사회는 누구나 자유로이 이동할 수 있고 말할 수 있고 글을 쓸 수 있다. 언론의 자유가 보장되어 있고 누구나 인터넷 정보에 접근할 수 있는 자유가 있다. 이러한 자유민주주의 국가에서 생활하던 사람이 북한으로 가서 생존할 수 있을까. 러시아혁명으로 성공한 사회주의 공산국가인 소비에트연방은 고작 70년 정도 유지하고 지구상에서 사라졌다. 러시아에서는 1917년 혁명일이 더 이상 국가 기념일이 아니라고 할 정도로 사회 분위기가 바뀌어 있다. 단지 이 지구상에 유일하게 북한만이 삼대 세습으로 공산주의 독재국가를 운영하며 국민의 인권을 무시하고 있다.

유감스러운 점은 2020년 6월 25일부터 10월 23일까지 121일간 〈김일성의 아이들〉의 누적 관객 수는 1,728명에 불과했다(이 영화의 인터넷 자료 인용). 사실 이 영화를 보려면 상영관을 찾는 것도 만만치 않았다. 비슷한 상영 기간 중 수입 영화는 백만 이상의 관객으로 인기를 누리고 있었다. 훌륭한 다큐 영화임에도 일반의 관심이 부족한 세태가 부끄럽기만 하다. 한국전쟁을 제대로 모르며 경험해 보지도 못했을 뿐만 아니라 공산 사회주의 국가의 실체를 모르는 세대들을 위한 훌륭한 교육 다큐 영화임에도 무관심하다. 나는 이 기록 영화를 통해 한국전쟁을 잘 모르는 세대들이 북한의 과거와 실상을 알게 되기를 바라는 마음 간절하다.

• 수필과비평, 2021. 5.

잊을 수 없는 위로

봉투를 받아든 순간의 떨림과 위로를 나는 잊지 못한다. 어느덧 40여 년 전이다.

나는 대학에 입학한 이후 명예교수로 있기까지 모교에서만 오십 년 이상을 보냈다. 그동안 내게 위로를 준 선배가 몇 분 계시는데, 그중 학과 십 년 선배인 J 박사님을 잊지 못한다.

내가 공학박사 학위를 취득한 후 모교 신임교수요원 공개 채용에 응모하였으나 실패했다. 학과의 원로 교수 한 분이 나의 채용을 반대했는데, 내가 해외 유명대학에서 박사후(Post-doc.) 연구 경험이 없다는 것이 이유였다. 이전에는 교수 채용에 박사후 연구 경력이 요구된 적은 없었다. 그 교수님은 석사 학위로 전임강사로 출발하여 정교수에 올랐고, 모교에서 논문박사(속칭 구제박사)를 취득한 분이었다. 나는 박사학위 취득 전후로 학과의 전공과목 시간 강사로 이 년간 재직 중이었다. 일주일에 전임 시간인 세 과목 아홉 시간을 강의해도 수입은 용돈 수준이었다. 당시의 시간 강사 대우는 매우 박했다.

다행히 일본 도쿄대학의 전공 분야 교수님과 친분이 있어 그 대학에서 박사후 연구 유학을 승인받아 일 년간 체류 예정으로 출국 준비를 했다. 당시 큰 문제는 도쿄에서의 생활비였다. 대학연구실에서의 학비나 자리 사용료는 없으나 도쿄대학은 박사후 연구자(객원연구원 대우)에 대한 별도의 재정적 지원이 없었다. 나는 이미 어린 두 자녀가 있는 가장이었고 수입은 대학 강사료와 학원 강의 수입이 전부였다. 아내는 연구소의 위촉연구원으로서 월수입이 있었으나 임대아파트의 매월 임대료에 충당해야 했다. 지금 회고해 보아도 이 시기처럼 경제적으로 어렵고 난감한 시기는 없었던 것 같다. 당시의 일본 엔화 환율은 우리의 세 배였다. 적어도 일 년 정도 도쿄에 거주할 생활비를 준비해야 했으나 내 경제적 능력은 너무 미약했고 가족이나 지인의 도움도 기대할 수 없었다.

　나는 박사학위 취득 후 모 연구소의 연구 프로젝트에 연구원으로 참여하며 J 박사님과 함께 매달 연구수당을 받고 있었다. J 박사님은 내가 출국 전 본인의 그달 연구수당을 내게 주며 유학 생활에 보태라 했다. 내게 현금으로 도와준 유일한 분이었다. 경제적으로 매우 어려운 상황에서의 내 유학을 주변에서는 대부분 잘 다녀오라는 격려는 많았으나 경제적으로 도와줄 가족이나 지인이 없었음을 뼈저리게 느끼던 시기였다.

　당시 J 박사님은 모교의 신참 조교수였다. 그는 나와 같은 학과에서 학사와 석사 학위를 마치고 독일에서 십여 년 유학 후 박사 학위를 취득하고 귀국했다. 아마도 그 시기에 그의 나이는 사십 전후였으리라. 그 시기의 국립대학 조교수 봉급은 오십만 원 정도로 매우 적었다. 사립대학은 거의 두 배 수준이었다. 조교수의 경제적 상황을 내가 아는지라 그의 도움은 쉽지 않은 일이었다. 연구비의 매달 인건비가 십만 원이었던 것으로 기억하는데 사실 박봉 생활비에 상당한 도움이 되는 액수였다. 누구보다 나의 사정을 잘 아는 J 박사님은 이 한 달 연구수당을 내게 주었으니 그 고마움을 잊을 수가 없다. 당시의 내겐 큰 도움이자 위로였다.

나는 도쿄대학 연구실에 체류 중 모교의 신임 조교수로 채용되어 교수 생활을 시작하였다. 박사학위를 취득 후 거의 이 년 만이었다. 이미 어언 사십 년도 지난 어려운 시절이었으나 J 박사님의 도움을 잊은 적이 없다. 나는 교수 생활을 하는 동안 유학 가는 제자들과 또는 해외 학술회의에서 만난 후배나 제자들에게 내가 어려웠을 때 받은 위로를 그들에게 나눠주고자 적극 챙겨왔다. 일본으로 유학 직전 나의 극히 어려웠던 환경과 주변의 재정적 도움이 절실하던 때의 경험을 잊지 못하기 때문이었다.

다가오는 추석 명절에는 잊지 않고 내게 큰 위로를 주신 J 선배님께 고마움의 선물을 보내야겠다.

• 한국디지털문인협회 공동문집 『위로』, 2022. 11.

자서전 쓰기에 대한 편린

　내 나이 오십 무렵 관여하던 전공학회로부터 〈연구 생활 자서전〉이란 주제의 원고 청탁을 받았다. "이 나이에 벌써 자서전이라니" 하며 어색해하던 기억이 난다. 교수 생활은 보통 30대 중반에 시작하여 65세에 정년퇴임 한다. 나이 오십이면 교수 생활의 중간쯤 되니 한번 정리할 가치는 있겠다 싶어 중편 원고를 기고했다.

　최근에 톨스토이의 『유년시대』, 『소년시대』, 『청년시대』와 고리키의 『어린 시절』, 『세상 속으로』, 『대학 시절』을 읽으며 나의 해당 시절을 되돌아보았다. 이 작품들은 자서전이라기보다는 소설이었다. 나의 자서전은 연대별로 기록된 스토리 나열이 아니라 에피소드 중심으로 산문의 형식으로 작성하면 읽기에 부담이 없고 흥미로울 것 같다. 내 어린 시절은 이미 60년도 넘는 오랜 기억들인데 세월이 지남에 따라 얼마나 남게 될까를 생각해 보았다. 어린 시절의 아리아리한 기억들이 그동안 분망하게 살아 온 나의 일상을 되돌아보게 했다.

수년 전 고등학교 졸업 50주년을 기념하여 〈나의 인생〉이라는 주제로 동기들의 원고를 받아 550여 쪽의 기념문집을 편집 발간하며 보람을 느낀 적이 있다. 나는 동기들에게 자신의 영정 사진 앞에 놓을 자서전을 쓴다는 생각으로 열심히 투고하라고 독려했다. 모교 동창회 역사상 50주년 기념문집을 발간한 기수는 우리 동기가 처음이란다.

작년에도 두 번의 자서전 글쓰기 기회가 있었다. 하나는 모교에서 한 학기 6개월간 명예교수에게 지원한, "은퇴 후 시간을 건강하고 활동적으로 만드는(MAHA, My Active & Health Aging)" 프로그램 중에서 〈반려 자서전 쓰기〉에 동참했다. 그리도 또 하나는 모교 명예교수협의회가 주관한『나의 학문, 나의 삶』단행본의 공저자로 참여했다.

MAHA 과정에는 모두 7명의 교수가 참여했는데, 수강자는 매주 화요일 두 시간 수업에 출석하며 한 편의 원고를 낭독하고 합평을 받아야 했다. 6개월 과정을 마치니 참가 교수 한 명당 20여 편의 자서전 원고가 수합되었다. 참석 교수의 원고를 모두 모아 수료식 날에는『그리움과 설레임의 흔적』이라는 총 460쪽의 비매품 공동 자서전 책자가 완성되었다. 자서전 단행본에 포함될 에피소드 중심의 원고를 매주 한 편씩 즐겁게 썼다. 자서전 단행본이 발간되자 무언가 이룬 듯한 성취감을 느꼈다.

『나의 학문, 나의 삶 2』단행본(468쪽, 서울내 출판문화원 발행)은 공학, 의학, 문학, 윤리학 분야의 명예교수 5명이 집필했다. 원고료도 만족스러웠다. 학문 교육과 연구 분야에서 같은 길을 가는 학문 후속 세대의 길잡이가 될 저서 발간이 목적이었다. 나는 〈학문과 함께 배려하는 삶〉이라는 주제로 28편 산문 원고를 110쪽에 걸쳐 게재했다.

자신이 걸어온 길을 돌아보며 기록으로 남기는 일은 보람 있는 인생 정리라고 생각한다. 사회적으로 유명한 사람이어서가 아니라 또한 자신을 자랑하려 하여서가 아니라 자신의 인생을 솔직하고 정직하게 기록하는 고백 글쓰기처럼 여겨진다. 이런 진솔한 고백을 통하여 가족에게 또한 친구와 지인에게 나의 인생을 보여주며 정리하는 보람 있는 일이다.

글쓰기는 여전히 어려워서 머리 안에서는 문장 내용과 구성이 뱅뱅 돌고 있으면서도 선뜻 글쓰기가 진행되지 않곤 하여 힘들 때도 있다. 때로는 적절한 표현 문구가 떠오르지 않아 며칠을 중단하고 있다가 원고 마감일을 앞두고 갑자기 빠른 속도로 탈고하기도 했다. 최근에 유명 수필가의 『유명해지지 않기로 했다』는 글을 보며 마음을 다잡고 자제하려 애쓰고 있다. 한편으로는 자서전을 쓰면서 어느 정도까지 나를 들추어내야 하는지 고민을 하게 된다. 적어도 작가라면 어느 정도 신비감이 있어야 하지 않나 하는 이중적이고 위선적인 생각도 한다.

그동안 글을 쓰면서 발견한 즐거움은 자신에 대한 성찰과 돌아보기였다. 글을 쓰며 나는 누구인가를 깊이 생각하게 되었고, 얼마나 정직하고 솔직하게 마음에서 우러나오는 글쓰기를 할 수 있을까를 고민하는 나와 시간과의 싸움임을 알게 되었다. 그동안 발간한 세 권의 내 산문집들은 나는 이렇게 생각하고 살아왔다는 자서전이자 시위가 될 듯하다. 이 글들이 주위에 조금이라도 삶의 활력소가 되고 위안과 격려가 되었으면 한다.

앞으로의 바람은 "교양이 있고 주변을 배려할 줄 아는 사람이 인생에서 성공한 사람"이라는 나의 믿음을 자서전을 통해 보여주고 증명하는 일이다. 나의 인생을 유년 시절, 소년 시절, 청년 시절, 장년 시절, 노년 시절의 다섯 단계로 나누어 주제별 또는 에피소드 별로 너무 길지 않은 산문 형식으로 집필하면 보람 있는 인생 정리가 될 것이라고 기대한다.

• 〈현대수필〉 가을호, 2021. 9.

정년 후 10년간의 삶

대학에서 정년을 한 지가 어느덧 햇수로 10년이 되었다. 버나드 쇼는 "우물쭈물하다가 이럴 줄 알았다"라고 비문에까지 썼다더니 벌써 종심(從心)을 지났다. 공자는 나이 70이면 "뜻대로 행동해도 법도에 어긋나지 않고, 자연 이치에 어긋나지 않으며, 도덕적으로 비난받지 않는다."라고 하였다. 두보는 "사람이 태어나 70세가 되기는 예로부터 드물다."라고 하였는데 요즘에 그런 말을 했다가는 시대에 뒤떨어졌다 할 것이다. 김형석 교수(102세)는 사람은 성장하는 동안 늙지 않으며 인생 황금기는 60에서 75세까지라고 말씀하신다. 최근에는 장년기란 직장 정년 후인 60세부터 75세까지로 구분했고 그 이후가 노년기라 했다. 아무튼 수명이 길어지고 건강하다 보니 내 고등학교 동기 중에는 아직도 등산에서 날고 있는 친구도 있다.

정년 후 10여 년 간 보람 있었던 일이 무얼까 곰곰이 생각해 보았다.

그중 첫 번째는 정년 바로 다음 해에 모교 평생교육원에서 〈산문창작교실)을 한 학기 수강한 것이다. 소설가이자 나와 거의 동년배인 모교 교수의 강의였는데, 한 주에 저녁 강의 2시간씩 12주 강의였고, 매주 산문 원고 한 편씩 총 10편을 제출해야 하는 코스였다. 공대 출신 교수라서 글쓰기 숙제도 제대로 다 못하더라는 소리 들을까 하여 열심히 과제를 제출했고 합평을 받았다. 나의 글쓰기를 개발하는 참으로 효율성이 큰 수강 기회였다. 이 덕분인지 나는 정년 이 년 후에《현대수필》로 등단(2014)했다. 수년간 문학의 기초 이론과 러시아문학 강의에 출석하며 부족함을 보충했다. 그동안 여러 문예지의 이사로 참여하면서 원고 청탁을 받고 있고, 원고 마감일을 착실히 지키고 있다. 대략 이 년 간격으로 정기 문예지나 동인지에 게재한 글을 모아 개인 산문집을 세 권 발간하였다. 틈틈이 인문 분야 수업, 특히 미술사와 여행 작가 강의를 즐겨 듣고 있다. 그동안 수필가로서의 대우와 인정을 받으며 문학 분야의 좋은 선생님과 문우님을 만나 교류함에 기쁨을 느낀다.

수년 전 고등학교 졸업 50주년을 기념하여 〈나의 인생〉이라는 주제로 동기들의 원고를 받아 550여 쪽의 기념문집(2016) 발간을 위해 편집위원장으로 봉사했다. 그 덕택에 동기들로부터 많은 격려와 칭찬을 받아 감사하고 있다. 모교 명예교수협의회의 가장 중요한 연간 성과물인《명예교수회보》발간에 편집위원장으로 각각 500여 쪽에 달하는 회보 제14호(2019)와 제15호(2020)를 발간하기도 했다. 또 2018년 9월 창간한《여행문화》의 부주간으로 참여하며 국내 유일한 컬러판 여행 산문 문예지를 발행하고 있어 보람을 느낀다. 나는 여기에 보석광물 기행과 해외 기행 산문을 연재하고 있다. 이러한 일련의 일들이 수필가로서의 등단 이후 자신감에서 또한 주변의 격려로 성취된 듯하다.

그 다음은 정년 직후 중소기업체에서 상임고문으로 3년을 근무한 것이다. 이 회사의 주요 프로젝트는 나의 전공 분야여서 보람이 컸다. 여의도 본사에서 이 년, 판교 지사에서 일 년간 근무했다. 나는 대학 졸업 이후 군 복무와 유학 생활을 제외하고는 정년까지 40여 년을 대학에서만 생활했다. 중소기업체에서 처음 근무하며 회사와 회사원의 실상과 근무 환경을 파악할 수 있었다.

빼놓을 수 없는 정년 이후의 큰 여유는 해외여행 시간이 자유로워진 점이었다. 지방대학 교수인 딸이 주중에는 손자를 내 집에 맡기고 있어 주로 여름방학과 겨울방학 기간을 이용했다. 지난 10년간 터키-그리스, 스페인, 크로아티아, 체코, 덴마크, 발트 3국과 러시아, 대만, 일본, 캐나다, 말레이시아 등을 일주일간 전후로 공적으로 또는 개인적으로 여행했다. 여행 이후 여행 산문을 기고하며 보람을 느끼고 있다. 작년(2020)과 올해 여름에 계획한 코카서스 3국 여행과 루마니아-불가리아 여행은 코로나 팬데믹으로 움직일 수 없어 매우 유감이었다.

마지막으로 지난 10년 중 최근의 보람은 작년(2020) 9월부터 모교에서 명예교수에게 한 학기 6개월간 지원한 "은퇴 후 시간을 건강하고 활동적으로 만드는 MAHA(My Active & Health Aging)" 프로그램 중에서 "자서전 쓰기"와 "매일 만 보 걷기"의 참여였다. 자서전 쓰기에서는 한 학기 간 매주 에피소드 중심의 원고 한 편씩을

작성, 총 20여 편을 작성하여 참여교수 7인의 공동 자서전(『그리움
과 설레임의 흔적』, 460쪽, 2021, 비매품) 책자를 발간했다.

나는 평소에도 승용차 없이 BMW(Bus+Metro+Walking)를 자가
용으로 몰아야 한다고 주창하고 있다. 매일 핸드폰 상의 밴드 화
면에 참가 교수들이 걸음 수와 산책 주변의 사진 한 장을 첨부하
며 미션 인증을 받고 있다. 이미 지난 학기 종합평가를 받았는데
참가자 중 일등이라고 했다. 혹시 그 걷기 덕택인가 지난 6월 중순
코로나 백신 접종도 후유증 없이 지나갔다. 이 걷기는 거의 일 년
이 되었으며 앞으로도 열심히 계속하려 한다. 그 덕택에 서울 한
강 변 또는 서울 근교의 산책길과 친해지게 되었다.

정년 이후 지난 10여 년은 내게 마음과 시간의 여유를 많이 준
기간이었다. 한 번 더 생각해 보기, 성내지 않기, 머리 더 숙이기,
말을 적게 하기 등을 의식적으로 노력했다. 또는 이렇게 바쁠 필
요가 있을까, 앞으로 이런 기회가 있을까, 너무 무리하는 것은 아
닐까 등 서두르지 않는 생활 자세가 도움이 된 것 같기도 하다. 지
난 40여 년 세월 분망하게 살아오면서 부자 될 세 번 이상의 기회
는 놓쳤으나, 이제는 수필가로 작가 생활을 하며 독서를 즐기고
글을 쓰는 마음의 부자가 된 기분이다.

• 수필과비평, 2021. 9.

정릉동 시절 회상

　　얼마 전에 나는 정릉동과 조선왕릉 정릉(貞陵)을 찾았다. 내가 정릉동을 떠난 지 거의 46년 만이었다. 내가 성장하고 자란 곳을 가면 당시의 나를 만날 것 같은 생각이 들어서였을까.

　정릉은 성북구 정릉동(현재는 아리랑로)에 있다. 정릉은 태조 이성계의 두 번째 왕비 신덕왕후 강 씨(1356~1396)의 묘로 무안대군 방번과 의안대군 방석의 모친이다. 이성계의 막내아들 방석이 세자로 책봉되자 태조 7년(1398) 왕위 계승에 불만을 품은 방원(3대 태종)이 왕자의 난을 일으켜 이복동생 방번과 방석을 살해한 역사가 있다. 천만다행히 모친 강 씨는 그 전에 작고하여 이런 끔찍한 변은 보지 못했다.

　내가 살던 시절 정릉으로 오르는 비포장길 옆은 작은 개천과 야산이어서 주택이 없었다. 왕릉 아래 작은 골짜기에는 약수터가 있어 지역 주민들의 휴식공간이었다. 나에게는 이곳이 여친을 만나 가끔 데이트하는 조용한 장소였다. 지금은 아리랑고개 바로 아래 신설된 도시철도 정릉역에서 왕릉 입구까지 포장도로가 만들어졌다. 왕릉 바로 앞에까지 주택이나 연립 아파트들이 들어와 있고 약수터는 폐쇄되어 있다. 왕릉을 보호하는 담이 둘러서 있고 관람 매표소가 설치되어 있어 왕릉 주변이 잘 정리되어 있다. 또한 왕릉 주위로 등산로가 이루어져 매우 정연한 분위기를 보인다. 왕릉 주변 정리는 잘 되었으나 그것을 바라보는 나는 왜 이렇게 이곳이 답답하고 처연해질까. 아마도 매표소 앞까지 들어차 있는 주거지 건물 때문일 것이다.

나는 초등학교 고학년 시절부터 결혼 직전까지 이십여 년을 정릉동에서 살았다. 어린 시절 한국전쟁 중 평양에서 부모님을 따라 부산으로 피난하였다는데 이때의 기억은 거의 없다. 초등학교 일학년 중간에 서울 청량리로 이사하였으니 65년 이상을 서울에서 산 셈이다.

내가 살던 정릉동은 골목길도 많고 산동네도 많았다. 처음 이사 왔을 때의 작은 영단주택과 나무 담장이 생각난다. 정릉 개천과 복잡한 팔구 골목길들, 소규모 영단주택들은 이제 모두 없어지거나 바뀌어서 흔적을 찾기도 어려웠다. 집 주변 야산에는 대단위 아파트 단지가 들어서 있어 이 동네가 이렇게 좁았나 할 정도였다. 정릉동 일대는 이제 조용하고 아담한 동네가 아니었다. 새로이 고가도로가 생기고 재개발되면서 옛 정취는 사라지고 공간이 협소해진 답답한 동네로 바뀌었다. 청년 시절 일 년 정도 머물렀던 정릉4동 산동네도 둘러보았다. 이 동네는 산16번지라는 번지만 있었고 호수는 없던 수재민 동네였다. 산동네로 오르던 길은 자동차 도로로 바뀌었고 아파트 단지로 재개발되어 그 흔적을 찾기가 어려웠다.

내가 정릉동에 살던 50년대 후반부터 70년대 중반까지는 우리나라가 경제적으로 매우 어려운 시기였다. 좁은 마당에 호박을 심어 식사 때마다 먹던 호박 반찬, 붉은빛이 돌던 배급 밀가루, 식탁엔 밥과 김치 그리고 다른 반찬 한 가지 등. 아들 다섯을 키우며 항상 동동거리며 초인적으로 많은 집안일을 하시던 어머님, 대학 및 대학원 시절 끊임없이 계속하던 가정교사 부업 등.

나는 초등학교 입학 시절부터 등하교에 수십 분이 되는 거리를 혼자 걸어가거나 버스를 타고 다녔다. 동생들도 어린 시절 밖에 나가 골목이나 개천에서 야산에서 온종일 놀아도 안전했다. 서민 대부분이 여유 없이 어렵게들 살던 때였으나 가족과 친척 또는 이웃에 대한 배려는 높았다. 요즘은 세계 10위권의 경제 대국일지 모르나 이웃에 대한 무관심과 어린이와 약자에 대한 사회 범죄를 보면 이것이 소득이 높은 시대의 특징인가 하는 회의감이 높다. 지금이라도 우선 사람답게 사는, 이기심과 욕심을 버리고 주변을 배려할 줄 아는 인성을 우리 모두 키워가야 하지 않을까.

• 문학의집, 서울, 2021. 3.

주선에 오르는 꿈

팬데믹 거리두기로 저녁 시간 지인들과 반주할 기회가 점점 줄어들고 있다. 대학에 자리 잡은 뒤 어언 40년이 지나고 있다. 친구와 동료 또는 선후배와 즐겁고 여유 있는 술자리도 많았고 보람을 느낀 자리도 많았다. 만나면 무조건 좋고 즐거운 친구들과 마음껏 웃고 즐기는 모임이 어려워지고 있으니 답답하고 슬프기도 하다.

1960년대 후반 대학생일 때다. 내가 다니던 공과대학은 불암산을 등지고 있어 매년 5월 일주일간 개최하는 축제 이름도 불암제였다. 축제 기간에는 16개 학과 대항 체육대회와 주선(酒仙)대회가 있었고 토요일에는 파트너를 초청하는 카니발이 있었다. 학과 대표로 나온 주선 후보들은 가마니가 깔린 술 마시기 시합 자리에서 심판의 신호에 따라 한 바가지의 막걸리를 한 방울도 흘리지 않고 한 번에 마시고 소금 안주를 한 번 찍어 먹은 후에 다음 마시는 신호를 기다린다. 이렇게 막걸리 마시기가 계속되어 마지막까지 버틴 선수가 '주선'으로 선출되는 영광을 차지했다. 단과

대학 재학생 이천여 명 중에서 가장 술을 잘 마신다는 주선 영예이다. 학생회 주최의 불암제 행사는 1961년 5월부터 시작되었으나 모교의 종합화로 캠퍼스가 통합되면서 1979년 행사가 마지막이었다. 이제는 주선을 뽑는 낭만적 행사는 보기 어려울 것이다.

학과의 입학 동기가 주선으로 선출된 적이 있었다. 얼굴색도 짙은 이 친구는 중키에 날씬한 편이었고 말수도 적었다. 그는 졸업 후에 평판이 좋은 에너지기업체에 취업하여 부장까지 빠르게 승진했다. 회사 안에서도 선후배 친구 사이에서도 대학 재학 중에 주선으로 뽑힌 경력으로 유명했다. 그 친구는 술좌석에서 마지막까지 자세가 흐트러지지 않고 횡설수설하지 않으며 누구보다 주량이 커서 주선의 명예를 고수했다. 사람이 들이킬 수 있는 주량은 제한되어 있는지 그는 40대에 암으로 작고했다. 그렇게 건강하고 점잖던 그가 요절하자 '술에는 장사가 없는 모양이다'라며 아쉬워들 했다.

나는 애주가인 아버님의 모습을 좋아하지 않았다. 대학생이 되어서는 이 문제로 부친과 매우 냉담하게 언쟁하기도 했다. 늦은 시간 자주 술에 취해 인사불성으로 귀가하는 아버님의 모습을 몹시 싫어했다. 그래서인지 30대 초반 대학에 자리를 잡을 때까지 술을 즐기지 않았고, 실제 그럴만한 시간 여유도 없었다. 평소에 지인들이 술로 인해 실수하는 것을 이해할 수 없었다. 술에 대해 별 관심이 없어 만취하여 필름이 끊겼다든지 취해서 기억이 없다든지 하는 말을 믿지 않았다.

술자리는 그동안 많았으며 술과 관련하여 잊지 못하는 몇 가지

기억이 있다. 30대 중반이었을 거다. 여름방학 중에는 재학생의 실습 현장을 제공해 주는 강원도와 경상북도 지역의 금속 광산이나 석탄 광산을 방문하여 감사 인사를 드리곤 했다. 하루는 그 지역의 학과 선배인 현장 소장님들과 함께 저녁 식사 술자리를 가진 적이 있다. 모교에서 한참 후배인 교수가 왔다고 환영 자리를 만들어 주었다. 맥주잔에 따른 양주를 차례로 돌아가며 마시는 노털카(잔을 입에서 떼지 않고 한 번에 마시고, 마신 후에 잔을 털지 말며, 카 소리도 내지 않음)였다. 내가 빨리 취해 쓰러져야 선배들도 좋아하고 나도 건강상 안전하겠다고 생각했다. 언제 술자리가 끝나 어떻게 숙소로 돌아와서 취해 쓰러졌는지 모르나 다음 날 아침 속이 몹시 쓰렸던 기억이 남아 있다. 그때의 백전노장 소장 선배들은 대부분 70세를 넘기지 못했다.

40대 초반이었을 거다. 내가 아끼는 후배와 둘이서 저녁 식사 겸 소주를 마셨다. 둘이서 먹는 자리여서인지 술잔이 빠르게 왔다 갔다 했고 나는 너무 취해서 택시로 귀가했다. 집에 도착하여 보니 그날 새로이 맞춘 안경이 내 코에 걸려 있지 않았다. 눈이 몹시 나쁜 내가 안경 없이 움직인다는 것은 매우 드문 일이었다. 택시로 귀가 중 새 안경이 불편하니 좌석에 내려놓고 졸다가 내린 듯했다. 내 인생에 처음 내 눈을 분실한 것 같았다. 집에서의 내 체면은 말이 아니었고 안경 분실은 두고두고 망신살이었다. 그 이후로는 술자리가 파하고 나서도 안경 챙기기가 가장 먼저였다.

50대 중반 모 회사의 사외이사를 맡고 있을 때였다. 12월 하순 송년 이사회에서 술고래인 사장의 맞은편 자리에 동석하여 그의 술잔을 피할 수 없었다. 이 이사회를 마치고 연구실 동문 제자들과의 송년회에 이차로 참석했다. 이미 일차에서 상당히 과음했던 터라 이차 장소에 도착했을 때는 알아볼 수 있을 정도로 내가 취해 있었다. 그동안 술자리에서 대단히 자중하며 조심해 왔음에도 이때의 만취는 두 송년회에 모두 참석하는 만용에서 왔다. 제자들은 그렇게 취한 내 모습을 처음 보았다고 말했다.

나는 살아오는 동안 술자리를 만들고, 찾아가며 즐기는 애주가는 아니었으나 심심치 않게 술자리는 꽤 있었다. 술 마시는 자리에서 실수하지 않으며 즐겁고 화목한 대화로 분위기를 이끌어가는 정말로 술이 센 지인들을 좋아하며 닮고 싶어 했다. 그분들은 술자리 마지막까지 남아 자리를 정리하고 후배와 동료들을 챙기곤 했다. 주변에 이런 주선급 지인이 몇 분 있다. 요즈음엔 술 마시는 기회가 별로 없으니 주선에 오르는 꿈을 언제쯤 이루어 볼 수 있을까.

• 〈계간현대수필〉 봄호, 2022. 2.

지도와 친해지기

　　나는 운전면허가 없다. 대학에서 교수 생활을 시작한 지 40년이 넘었으나 처음부터 운전 면허증의 필요성을 느끼지 않았다. 내가 재직한 단과대학의 삼백여 명 교수 중에서 자가용이 없는 교수는 수명에 불과했다. BMW(=Bus+ Metro+ Walking)가 나의 자가용이다. 나는 누구보다 길을 잘 알고 있고 머리 속에 지도를 넣고 다닌다고 생각한다. 직업이 택시 기사였다면 매우 유능한 기사라 했을 것이다. 내비가 없던 시절에는 택시 기사의 능력과 재산은 얼마나 시내 길을 잘 알고 있느냐였다.

　　30대 중반 조교수 시절 여름 일 주일간 부산에서 서울까지 외국인 지질 분야 전공 연구자들의 안내를 맡은 적이 있다. 나의 임무는 부산에서 페리호로 입국한 이들을 관광버스에 태우고 영남과 강원 지역의 금속 광산 지역과 지질학적 관심이 높은 지역을 답사시키는 것이었다. 이때 답사 안내를 진행하면서 자연스럽게 운전기사와 친해졌는데, 그가 내게 "전공이 어느 분야인데 기사보다 길을 더 잘 아시네요."라고 한 적이 있다.

나는 대학에서 학생들을 가르치며 지도를 판독하는 훈련을 시키곤 했다. 실습 지역이나 연구 대상 지역의 답사와 시료 채취를 위해서는 지형도와 지질도를 볼 줄 알아야 했으므로 내비는 사용하지 못하게 했다. 지도를 판독하고 현재의 본인 위치를 알아야 하므로 지도와는 반드시 친해져야 했다.

영국 런던에서 30대 중반 젊은 시절 일 년을 생활한 적이 있다. 런던 생활자는 대부분 『London mini AZ』라는 포켓형 지도책(368쪽)을 가지고 있다. 주소를 알면 누구나 쉽게 지도책 색인에서 거리나 동네 이름으로 해당 쪽수를 찾아 안내 지도를 보게 되어 있어 지도를 볼 줄 알아야 했다.

오랜 기간 함께 재직한 동료 교수는 자택이 구반포 지역이었다. 승용차로 출퇴근하며 서울대-사당동-구반포 코스로 다녔는데 출근 시에는 별로 혼잡하지 않았으나 퇴근이 문제였다. 사당동에서 구반포로 오는 차도가 워낙 교통이 혼잡하여 불편하다 했다. 한번은 퇴근할 때 동승 하여 차가 잘 빠져나갈 수 있는 길을 안내했다. 서울대를 출발하여 봉천사거리- 숭실대의 담장 옆길- 중앙대 방향-흑석동 국립묘지 거쳐 구반포로 가는 코스를 알려주었다. 차선은 왕복 2차선이고 언덕의 내리막길이나 막히지 않고 차의 흐름이 원활했다. 동료 교수는 내게 "승용차도 몰지 않으면서 어찌 이리 길을 잘 알아요?" 했다. 그는 구반포 주변에 사는 동료 교수들에게 이 길을 알려주었다 했다. 내 대답은 "머리 속에 있는 지도 덕분"이라 했다.

내가 사는 서초동이나 고속버스터미널 부근 지역은 항시 차량으로 혼잡하고 밀린다. 특히 교대역 사거리에서 뉴코아 사거리로 넘어가는 언덕길은 매우 복잡하고 밀리는 길인데 승용차들이 왜 이쪽으로 다니는지 모르겠다. 심지어는 이 막혀 있는 길에서 택시를 타는 사람도 있다. 그 사람은 아마 막혀서 수십 분 주행이 어려운 택시에 앉아 요금이 빠르게 올라가는 상황을 지켜볼 것이다. 이런 길로 왜 진입하여 시간 낭비를 하는지 답답하다. 한 번이라도 지도를 본다면 주변의 어느 다른 길로 들어서야 쉽게 빠져나갈 수 있을지 알 터인데 지도를 활용하지 않는 모양이다. 혹자는 목적지에 자동차나 핸드폰의 내비가 지시하는 대로 다니거나 알고 있는 길로만 다닌다 했다. 국내 여행이든 해외여행이든 지도와 친해져야 편리하다. 지도는 많은 정보를 제공하여 준다. 우리는 지하철에서 내려 지하에서 출구 찾기로 자주 헤매는데, 지하철역 지하 벽에 전시된 지도를 보면 된다. 그 지도는 현재 위치가 어디고 어느 출구로 나가면 어느 길로 또한 어느 지상 지물과 만나게 되는지 알려준다.

나는 환갑을 지나 원로 교수가 되어서는 자녀들의 교육 문제에서 벗어나 부부 동반 여행이 가능해졌다. 보통 일주일 정도 국제학회에 참석했는데, 학회 행사 기간에는 관광할 여유 시간이 없다. 아내 혼자 지도를 들고 시내 또는 마을 주변 관광을 다니게 했다. 아내는 다행히 처음 방문한 해외지역임에도 지도를 잘 활용했다. 오히려 내가 학회 마치기 하루 이틀 전 시간 여유가 있는 날 그동안 어디가 가장 볼만한 곳인지 안내해 달라고 했다. "길을 잃어야 여행이다"라는 지극히 낭만적인 여행자나 작가들은 시간과 여유가 많다는 의미이므로 상관이 없겠다. 길 찾기에 별로 신경을 안 쓸 터이니 지도의 필요성을 강조하지 않을 것이다. 나는 길을 못 찾아 헤매고 시간 낭비하는 것을 참지 못한다. 그동안 주어진 일정에 묶여 시간을 효율적으로 써야 하는 생활에 익숙하기 때문이다.

　나는 지형도와 지질도 판독에 훈련을 받은 사람이고 지금도 지도 보기를 즐긴다. 서울 대부분 지역의 지도는 내 머리 안에 있다. 아마도 내가 가이드를 맡으면 막히지 않는 지름길로 잘 안내할 수 있을 것이다. 나는 지도를 활용하는 길 찾기를 적극 권장한다. 지상에서는 먼저 동서남북이 어딘지 아는 게 중요한데 방향은 해를 보면 안다. 요즘은 핸드폰 상에 동네 이름만 검색해도 주변 지도가 잘 나온다. 그래도 지도를 볼 줄 알아야 위치를 이해할 수 있을 것이다. 지도와 친해지면 길에 대해 자신감이 생겨 사는 데에 편리하다.

• 〈리더스에세이〉 가을호. 2021. 11.

참칭자

우리 사회에는 항상 사이비 종교인과 내로남불형 공인들이 존재한다. 소수라고 할 수 있지만, 나는 이들을 따르고 지지하는 사람들을 이해할 수가 없다. 너무 순진하기 때문인가, 아니면 우매하기 때문인가. 러시아 역사를 보면 유난히 이런 인물들이 많이 등장한다.

푸시킨의 희곡 『보리스 고두노프』(1825)에 참칭자라는 황당한 역사적 인물이 나온다. 러시아어로 참칭은 제멋대로 스스로 왕이라고 일컬음이며, 역사적으로 거짓 왕이나 거짓 정부를 지칭한다. 참칭자는 사칭자 또는 가짜라는 뜻이다.

러시아 황제 이반 4세(1530~1584 재위, 뇌제 또는 폭군이라 불림)가 죽자 계승할 유능한 후계자가 없었다. 이반(1554~1581)이라는 총명한 황태자가 있었으나 광적인 아버지 이반 4세는 지팡이로 내리쳐 27살 난 아들을 죽이고 만다. 황제를 계승할 후손은 병약한 표도르와 태어난 지 6개월 된 드미트리 두 아들이 있었다. 이반 4세를 이어 황제가 된 표도르(1584~1598 재위)는 무능력하여 국정을 제대로 다스리지 못했다. 이 시기에 황제의 처남이자 타타르의 후예인 보리스 고두노프(1552~1605)가 강력한 세력을 가지게 되었다. 드미트리 황태자는 겨우 여덟 살일 때(1591) 살해당했는데, 이 사건은 고두노프의 흉계가 아니었나 하는 의심을 받았다. 황제 표도르 1세가 사망하자(1598) 후손이 없어, 국민회의에서 선출된 고두노프(1598~1605 재위)가 황제로 즉위하였다. 그는 능력이 있고 애국심이 강해 러시아를 발전시키고자 노력했다.

고두노프가 재위 중이던 1601~1603년은 흉작으로 인한 대기근 시기였다. 이 흉흉한 때에 자기가 여덟 살에 죽은 드미트리 황태자라는 참칭자가 출현했다(1601). 그는 수도원에서 도망친 수도사 그리고리 오트레피예프(1582~1606)였다. 그는 폴란드 군대와 함께 모스크바로 진격(1604)하였는데 농민과 도시민들의 열렬한 환영과 지지를 받았다. 1605년 4월 고두노프가 병으로 급사하자 고두노프 반대 세력이었던 모스크바 귀족들은 고두노프 가문을 전복시키고 이 참칭자 편에 섰다. 이 참칭자는 1605년 6월 드미트리 1세로 즉위하였으나, 사회 전체가 무법천지가 되고 국민의 원성이 높아졌다. 교활한 간신 바실리 슈이스키는 모반을 일으켜서 참칭자와 그의 측근을 무자비하게 처단하고 귀족 신분으로 황제에 즉위하였으나, 슈이스키 지지자와 반대자가 서로 대립했다. 이 가짜 드미트리 1세는 고작 10개월 재위했다.

이때 제2의 참칭자 이사예비치 볼로트니코프가 등장했다. 그는 카자크인 전쟁포로 출신으로서 지혜롭고 경험이 풍부한 인물이었다. 모스크바 인근에서는 슈이스키 군대와의 공방전으로 소강상태였다. 이 두 번째 참칭자는 황제 즉위는 하지 못했고 동료에게 피살되었다(1605). 귀족회의는 슈이스키를 퇴위시켜 통치자가 없는 상태가 되었다. 폴란드군과 스웨덴군이 러시아에서 주인 행세를 하였으나 마침내 러시아군의 승리로 미하일 로마노프가 왕위를 받음으로써 로마노프 왕조가 시작되었다(1613).

첫 번째 참칭자의 출현(1604)과 이 가짜의 황제 즉위(1605)부터 로마노프 왕조가 시작할 때(1613)까지의 10년간은 러시아의 '혼란의 시대'였다. 실제 왕족이 즉위한 시대가 아니라 참칭자가 황제로 즉위하기도 했고, 두 번이나 가짜를 민중이 옹호하고 환영한 황당한 시기였다. 민중과 귀족이 참칭자를 밀어주고 믿어주던 역사적 정통성이 없는 암울한 시기였다. 농민과 도시민 심지어는 귀족까지 왜 이 가짜를 믿고 그편에 섰을까. 나는 그들이 우리보다 결코 미련한 사람들이 아니었다고 생각한다.

역사상 참칭자들이 국정을 어지럽힌 사례를 살펴보면, 고려 말 공민왕 때의 승려 신돈(?~1371), 러시아제국의 마지막 로마노프 왕족의 황제 니콜라이 2세 시기에 황실을 농단한 요승 라스푸틴(1869~1916), 조선 말기에 명성황후(민비)에 붙은 무속인 진령군(고종이 진실로 영험하다고 내린 작호이다. 여성이며 생존 기간 불명)이 있다. 나라가 망해가는데 이들의 농단이 컸다. 이들의 특징은 '다른 사람의 참소를 믿지 말아야 세상을 복되게 한다'라는 요설로, 또한 집권자의 판단을 흐리게 하여 절대적 신임을 독차지하고서는 국정 농단과 횡포를 자행했다. 정권의 위기와 불안, 집권자의 무능과 리더십이 방향성을 잃어 이들에 의존하게 된다.

현대에 와서도 정통성이 없고 실력과 능력이 의심스러운 참칭자가 특히 종교계와 정치계에 나타나곤 한다. 더욱이 일반 대중은 확실성이 없음에도 이들을 무조건 믿으려고 하는 불상사가 일어난다. 이 가짜의 주요 특징 중 하나는 먼저 믿음을 가져야 한다고, 의심하지 말고 나(가짜)를 우선 믿어야 한다고 강조하고 강요한다는 점이다. 자기를 믿어야 구원받는다는 사이비 종교 교주들이 민중을 유혹한다. 또한 앞에서 하는 말과 실제 뒤에서 하는 행동이 다른 정치인이 현대의 참칭자로서 공인 행세를 한다. 이러한 사칭자의 특징은 우선 말이 많고 말 뒤집기와 거짓말, 변명을 잘하며 맹신을 강조한다.

정치지도자와 같은 공인은 국민을 상대로 거짓말을 해서는 안 된다. 자유 진영의 유럽이나 영미 국가에서는 사람은 누구나 오판하여 잘못 행동할 수 있음을 인정하나 거짓말은 용서하지 않는다. 그 사회에서는 '나는 절대로 그런 적이 없다'라고 했다가 탄로가 나면 그의 정치적 생명은 끝난다. 최근 영국 총리도 연이은 거짓말이 탄로나 사임했다. 최장수 총리로 유명한 일본의 정치가도 의혹에 대해 거짓 해명으로 일관해 오다 중도 사퇴하였고 최근에는 큰 비극을 맞이했다. 사회가 발전하려면 이런저런 풍파를 많이 겪어야 더욱 단단해지겠지만 우리의 현실은 어떠한지 진지하게 생각해 보아야 하지 않을까.

• 월간문학, 2022. 10.

항공료를 지원해 준 선배님

젊은 시절 내가 어려울 때 도움을 주신 분들을 직접 찾아뵙고 고마움을 표시하여야겠다는 생각이 든다. 최근에 읽은 러시아 소설가 리호노소프의 단편 〈브랸스크 사람들〉의 마지막 문장을 수첩에 적어 놓고 있다.

'갈 길은 멀고, 삶은 우리를 다시 이곳으로 이끌지는 못할 것이다. 내가 여러 곳에 두고 왔던 모든 사람들, 요즈음에도 내 안에서 부담 없이 머무르고 있는 모든 사람들을 둘러보고 싶다는 생각이 들었다.'

캐나다 토론토에서 개최된 국제학술회의에 내가 참석할 수 있도록 왕복 항공료를 지원해 주신 A 박사님을 잊을 수 없다. 조교수 시절인 1985년 4월 하순 토론토에서 제11회 지구화학탐사 국제심포지엄이 5일간 개최되었다. 이 심포지엄은 제1회가 1966년에 열린 이래 2년마다 얼리는 응용지구화학 분야의 가장 큰 국제학술회의이다. 나는 미리 논문, 〈한국에서의 광화작용과 관련된 화강암류의 다원소지구화학(multi-elements geochemistry)〉을 투고하여 발표 승인을 받아 놓고 있었다. 젊은 교수 시절일 때여서 해외에서 개최되는 학술회의에 참석하여 논문 발표를 하고 싶은 열정이 차고 넘칠 때였다. 박사후(Post-doc.) 연구차 1982년 8월부터 일 년간 영국 런던 임페리얼칼리지(Imperial College)에서 연구 생활하며 의욕적으로 실험자료를 획득하여 이미 논문이 적절하게 준비되어 있었다.

지금이야 해외에서 개최되는 학술회의에서 논문을 발표하는 학술 활동은 교수뿐 아니라 대학원 학생에게까지 보편화되어 있다. 1980년대에는 교수들의 국제학술 활동이 드물던 때여서 국제학술회의에 참가하고 귀국하면 전공학회지에 학술회의 내용과 참가 활동을 게재하던 시절이었다. 나도 이 국제학회 참가 활동에 대한 원고를 그해(1985년) 전공학회지에 자세하게 게재한 적이 있다.

그때는 국제학술회의 참석을 위한 해외 출장비 지원이 연구재단이나 대학으로부터 거의 없던 시절이었다. 외국에서 개최되는 국제학술회의에서 논문을 발표하는 계기가 매우 약한 시절이었고, 내가 속한 학과에서도 교수의 논문 발표를 위한 해외 출장은 거의 없었다. 국내에서는 해외여행이 자유화되기 이전이어서 여행객이 드물기도 했고 항공요금의 할인이 거의 없었다. 학내에서의 해외 출장 기준은 학기 중에는 공무만 가능했고 자비 여행은 안 되었다. 실제 내가 항공 여비를 부담할 능력도 없었다. 당시 북미에 다녀오는 왕복 항공료가 내 월급보다 많았던 것으로 기억한다. 나는 여비 확보가 불가능하여 토론토에서의 학회 참석은 사실상 포기하고 있었다.

출장 여비가 없어 국제학술회의 참가를 포기하고 있다는 소식을 들은 A 박사님이 선뜻 나의 서울-토론토 왕복 항공료를 지원하겠다고 하였다. 당시 A 박사님은 우리 학과에 시간강사로 출강하고 있었다. 나는 항공료가 비교적 저렴하다는 미국 Northwest 항공권(김포-미국 L.A.경유-캐나다 토론토)을 예약하였다. 토론토에서의 일주일간 호텔 숙박비는 다행히 모교 선배인 G연구소의 M 박사와 함께 투숙하기로 하여 부담을 줄였다. 미국과 캐나다는 일본이나 유럽과 달리 호텔 숙박의 기본 인원이 두 명이어서 숙박료를 반반 부담하면 되었다.

고마운 A 박사님은 내가 졸업한 학과의 15년 선배였다. 대학 졸업 후에 정부 투자기관에서 연구 계통 업무로 종사하다 정년퇴임을 하셨다. 그는 전공 분야의 연구에 대한 열정이 강한 분이었고 우리 학과에서는 고학년 전공과목 강의를 위촉하고 있었다. 내가 보기에 그분은 연구 활동 이외에도 부동산에 대한 안목과 투자 능력이 있었다. 강남이 개발되기 이전부터 부동산(토지)에 투자하여 강남 사거리 요지에 고층 사무실 빌딩을 건립하여 관리할 정도였다. 학과에 대한 애착도 커서 발전기금은 물론 전공학회 임원진과 또는 교수진과의 단체 회식에서도 식사 비용을 부담하는 배려심이 큰 분이었다.

내가 모교에서 정년퇴임을 하기 수년 전에 A 박사님의 아들이 나와 같은 단과대학의 신임 교수로 들어왔을 때 무척 반가웠다. 나이로는 내 제자 교수 또래이었다. 내게 인사하는 자리에서 나는 그의 아버님의 배려와 도움에 대해 말해 주었다. 그는 금시초문이라 했다. 나는 A박사님께 내 가족의 경조사를 알려드린 적이 없음에도 불구하고 경조비를 보내주시곤 했다. 아마도 아들을 통해 경조 소식을 들으시는 듯했다. A박사님은 워낙 말씀이 적고 겸손한 분이어서 나는 그가 부자임을 알지 못했다. 그는 전혀 내색하지 않으며 주변을 돌보아 주는 선배이었다. 나는 그가 노환으로 수년 전 작고하기 전까지 적어도 일 년에 한두 번 그의 사무실을 방문하여 선물과 함께 감사를 표하곤 했다. 지금도 나는 그의 배려와 도움을 잊을 수 없다.

나는 아직도 1985년 4월 토론토에 일주일간 머물며 학회에 참석하던 때를 기억한다. 논문을 발표하던 분과별 분위기와 논문이나 교과서에서나 보던 저명한 대가들을 직접 만나고 대화를 나눈 모습들이다. 토론토 체류 마지막 날 동행한 M박사의 친구이며 교민인 L형의 안내로 나이아가라 폭포를 구경할 수 있었다. 그 웅장하고 장엄한 폭포의 정경을 어찌 잊을 수 있겠는가. 벌써 37년 전인데 주유소를 경영하시던 L형은 지금 어찌 지내실까. 그동안 연락드리지 못한 나의 무성의를 반성했다. 이 무렵 그분들을 통해 배운 것은 필요한 순간에 실제 물질적으로 도와주는 능력과 겸손한 자세이었다. 인생에서 성공한 사람은 교양이 있고 남을 배려할 줄 아는 사람이라는 내 나름의 믿음이 형성된 때이기도 하였다.

• 〈계간현대수필〉 가을호, 2022. 8.

어머니의 유일한 노래

― 후정문학상 대표작

어머님은 십 년 전 82세에 작고하셨다.

어머니는 가정에 충실하지 못한 남편과 오십 년 이상을 함께 살면서 여유가 없는 궁핍한 생활을 겪어 오셨다. 항상 동동거리며 아들만 다섯을 키운 여장부이다. 자그마한 체구이나 처녀 적에는 미모의 여인으로 황해도 친정 집안에서 귀한 따님으로 자라났다. 생전에 국내 최고의 국립 대학교 공대에 아들을 세 명이나 입학시켰고, 더구나 장남은 그 대학의 교수가 되었다는 자랑을 자주하여 친척과 이웃에게 시샘과 빈축도 많이 샀다.

어느 날 문득 내가 초등학교 고학년 시절 처음 들었던 어머니의 흥얼거린 노래가 기억이 났다. 나는 사십 대 이후로 거의 노래를 부르지 않아 노래를 잊고 산다 할 정도인데 특이한 일이었다. 심지어 어머니가 흥얼거리던 전반부 가사까지 생각났다.

"붉은 꿈 푸른 꿈이 흘러간 강 언덕에/ 오늘도 두 젊은이 말없이 서 있고나. …". 나는 인터넷에서 이 노래의 제목이 〈대동강 달밤〉이라는 것을 알게 되었다. 1943년에 대중에게 선보인 노래인데, 한 편의 애절한 사랑의 연가이다. 일제 강점기 말기에는 독립을 염원하는 의미로 해석될 수 있는 노래이다.

> 붉은 꿈 푸른 꿈이 흘러간 강 언덕에
> 오늘도 두 젊은이 말없이 서 있고나
> 울고 샌 그날 밤도 달만은 고왔건만
> 대동강 그 달빛이 다시금 꿈같소.

> 능라도 여울물에 달빛은 부서지고
> 마음에 아로새긴 추억은 흐트러져
> 강물을 바라보며 말없이 울었건만
> 대동강 그 달빛은 무심도 하였소.

한국전쟁 전 평양에 살았던 부모님은 일사후퇴 때에 어린 나와 동생을 데리고 부산으로 피란했다. 우리 가족은 내가 초등학교 일학년 중간에 서울로 이사했다. 초등학교 고학년 시절 어머니의 그 노래를 처음 들은 이후로는 어머니의 노래 부르는 모습을 본 적이 없는 것 같다. 어머니는 〈대동강 달밤〉을 왜 흥얼거리며 부르셨을까.

내 추측은 경제적으로 여유 없는 팍팍한 환경에서 아들 다섯을 키우는 어려운 살림살이와 과거 대동강 변에서의 푸른 꿈 처녀 시절을 그리워하며 부르신 듯했다. 나는 그때 어머니의 노래를 처음 들으면서도 왜 부르실까 하는 생각도 못했다. 나는 그 시절 어렵게 생활하는 어머니의 고충을 잘 이해하지 못했다. 중학생이 되고 나서도 용돈이 없다고, 매일 달랑 버스표만 가지고 통학한다고 불평불만만 가득했다. 술과 친구를 좋아한 부친은 멋쟁이 신사로 소문나 있었지만 집에는 별로 충실하지 않았고 실속이 없는 분이었다. 어머니의 고충이 오죽하셨을까.

중학교 일학년인가 이학년 시절 기억이다. 아버님 심부름으로 원남동에 사는 큰댁에 혼자 갔다. 큰집에 가서 쌀을 얻어 오라는 심부름이었다. 큰어머님은 나를 앉혀 놓고 아버님의 성실하지 못함과 무능을 탓하며 오랜 시간 내게 꾸중과 잔소리를 했다. 나는 울면서 그 말씀을 모두 들었고 울면서 집으로 돌아왔다. 그 후에 큰집으로부터 쌀이 배달되었다. 이때 배운 교훈이 가족이나 지인을 도와주면서 꾸중과 잔소리는 절대해서는 안 된다는 것이다.

나는 너무도 완고하고 이기적인 어머니와 고등학교 시절 자주 냉전을 했다. 나의 투쟁 방법은 저녁을 먹지 않고 나가는 것이었다. 주머니가 비어 있으니 나가게 되면 친구에게 얻어먹거나 굶거나 했다. 어머니는 아들 다섯을 키우며 저녁 시간 제 때에 밥상머리에 앉지 않으면 그날 저녁에 다시는 밥상을 차려 주지 않았다.

당시 어머니의 교육열은 동네에 소문날 정도여서 아들의 공부 닦달은 대단하였다. 아마도 큰집에 비해 자식 교육은 절대 져서는 아니 된다는 강박 관념이었을 것이다. 아들 다섯을 결혼시키기 전부터도 '나는 절대로 손주를 돌보아 주지 않는다.'라고 선포했는데, 돌아가실 때까지 열한 명의 손주를 단 한 시간도 보살펴 준 적이 없다. 기억력이 매우 좋고 암산이 빠르며 이기적인 어머님을 자상하고 아름다운 분이라고 생각해 본 적이 없다.

아들 다섯을 키우시며 어려운 형편에 그 많은 손빨래를, 허리를 구부리고 하는 재래식 부엌일을 어찌 다 하셨을까. 말년에는 자리보전한 남편을 십여 년이나 지킨 초인적인 어머님 모습도 잊을 수 없다. 나는 아무리 노력해도 어머니의 가족에 대한 희생과 사랑을 따라가지 못할 것 같다.

어머니 생전에 노래 부르는 모습을 더 이상 보지 못한 까닭을 이제야 알 것 같으니 죄송한 마음뿐이다. 가족을 위해 평생 애쓰고 봉사하신 어머니를 이제 내가 손주를 보는 나이가 되어서야 못내 그리워하고 있다.

• 문학 秀, 2020. 5~6.

---

* 〈대동강 달밤〉의 전체 노래 가사는 인터넷 자료에서 인용하였음.

후정문학상 수상 소감

작년(2020) 12월 하순 세 번째 산문집 『청년 연가(緣家)』를 발간했습니다. 연가는 사랑의 노래가 아니라 제 청년시절 집에 얽힌 글입니다. 지난 이 년간 문예지와 동인지에 게재한 오십여 편의 글을 모은 산문집입니다.

금년(2021) 3월 초순 후정문학상 후보로 추천되어 그 후 수상자로 선정되었다는 연락을 받으며 "제가 받을 자격이 있나" 하고 잠시 머뭇했습니다. 저는 2014년 계간지 〈현대수필〉로 등단하여 수필 경력이 아직 미천합니다. 더욱 문제는 수필이 제 전공이 아닌지라 이 상을 받아도 되나 하는 의구심 ― 적어도 한 분야에 십 년 이상은 정진했어야 수상 자격이 있지 않나 하는 의구심이었습니다.

등단 이후의 즐거움은 문예지나 동인지의 원고 청탁을 받아 원고 마감일 전에 투고하고 활자화된 제 글을 다시 음미하는 재미와 보람이었습니다. 지인들은 제 수필이 서정성이 모자란다고, 마치 논문 쓰듯 한다고 핀잔을 자주 줍니다. 사실 수십 년을 연구실 실험 자료의 논리적 해석인 연구 논문만을 써온 그 버릇을 고치기는 쉽지 않고 지금도 여전합니다.

글을 쓰면서 발견한 즐거움은 자신에 대한 성찰과 돌아보기였습니다. 나는 누구인가를 깊이 생각하게 되었고 얼마나 정직하고 솔직하게 마음에서 우러나오는 글쓰기를 할 수 있을까를 고민하는 나와 시간과의 싸움임을 알게 되었습니다. 글쓰기는 여전히 어려워서 머리 안에서는 문장 내용과 구성이 뱅뱅 돌고 있으면서도 선뜻 글쓰기가 진행되지 않곤 하여 힘들 때도 있습니다. 때때로는 적절한 표현 문구가 떠오르지 않아 며칠을 중단하기도 합니다만 어느 날 불연듯이 작품 쓰기를 매듭짓기도 하여 안심도 합니다.

자신이 살아온 길을 돌아보며 기록으로 남기는 일은 보람 있는 인생 정리가 되지 않을까 생각합니다. 사회적으로 유명한 사람이어서가 아니라, 자신을 자랑하려 하여서가 아니라 단지 나의 인생을 솔직하고 정직하게 기록하는 고백 글쓰기처럼 느껴지기도 합니다. 글쓰기는 누구에게 꼭 보이려는 것이 아니라 가족에게 또는 친구와 지인에게 나의 인생을 보여주며 정리하는 보람 있는 일로 여겨집니다. 한편으로는 수필을 작성하며 "어느 정도까지 나를 드러내야 하나" 하는 고민도 있습니다. 적어도 작가라면 자신을 다 보여주지 않으며 신비감이 있어야 하지 않나 하는 이중적이고 위선적인 생각도 합니다.

여러 가지로 부족한 산문집을 격려해 주시며 후정문학상을 수여해 주는 〈리더스에세이〉의 무궁한 발전과 회원 문우님의 건강과 평안을 기원하며 수상 인사에 대신합니다(2021. 6.).

2.

책을 읽고

개를 데리고 다니는 여인

　　19세기 러시아문학이 낳은 최고의 단편소설 작가이자 극작가인 체홉(1860~1904)은 44년 짧은 생존 기간 가장 완벽하게 러시아어로 글을 쓴 작가라고 알려져 있다. 그는 또한 위대한 극작가로서 19세기 말 러시아 사실주의를 대표하는 큰 별이다.

　　30여 쪽 분량의 단편『개를 데리고 다니는 여인』은 그가 폐결핵이 악화되어 크림반도의 얄타에서 요양 생활을 하던 말년인 39세(1899)에 내놓은 소설이다. 이 작품은『러시아 단편소설 걸작선 10편』(고골 외, 양장선 옮김, 행복한책읽기)에 실릴 정도로 유명하다. 사랑을 주제로 한 체홉 단편소설의 백미라고 알려져 있다. 예술적으로 뛰어난 작품으로 휴양지에서 만난 유부남 유부녀의 불륜 사랑 이야기를 왜 이리 명작이라 할까.

　　남자 주인공 구로프가 휴양지 얄타에서 지낸 지 2주일째에 하얀 스피츠 개를 데리고 다니는 베레모를 쓴 금발의 젊은 여인 안나의 소문을 듣는다. 은행원인 그는 열두 살 난 딸과 중학생인 아들 둘이 있는 마흔 직전의 가장이나 여러 여성과 바람을 피워 왔다. 점잖은 신분의 유부녀인 안나는 이곳에는 처음으로 혼자 왔고 심심하게 지낼 거라는 추측을 하며, 그 여성과의 은밀한 로맨스에 대한 유혹이 그를 사로잡았다. 그는 그녀가 페테르부르크에서 성장했고 스무 살에 결혼해서 2년째 S시에 살며 얄타엔 한 달 정도 머무를 예정임을 알아냈다. 어느 날 해가 질 무렵 노천카페에서 자연스럽게 개를 매개체로 대화를 하며 서로 알게 된다. 실제 우리 생활에서도 개와 함께 산책하다 보면 개를 매개로 전혀 모르는 사람들과 대화를 시작하게 된다. 구로프는 그녀를 알고 나서 일주일이 지난 휴일 방파제에서 첫 키스하고 그녀 숙소에서 사랑을 나눈다. 그는 얄타 역에서 그녀를 배웅하며 '모든 것이 끝났다. 우리는 다시 만나서는 안 된다'라는 그녀의 말을 되새긴다.

모스크바로 돌아온 구로프는 한 달이 지나고 겨울이 닥쳐와도 얄타에서의 사랑이 생생했다. 그녀는 꿈에만 나타나는 것이 아니라, 그의 그림자가 되어 어디든 따라다녔다. 처음에는 휴양지에서의 가벼운 사랑놀이로 시작했으나 사랑에 빠져버리고 만 것이다. 그는 안나를 잊지 못해 12월 휴가에 그녀가 사는 S시로 가서 그녀를 보고 싶었고 밀회를 나누고 싶었다. S시에서 〈게이샤〉라는 연극이 처음 상영되는 극장에서 마침내 그녀를 만난다. 그녀는 '저는 언제나 당신 생각만 했어요. 당신 생각으로 살았다고요. 하지만 잊으려 했는데, 도대체 왜 다시 나타나셨어요?', '우리 두 사람 모두 미쳤어요.'라고 말한다.

나는 평소에 사랑은 제 정신에 하는 행위가 아니라고 주창한다. 그녀는 두세 달에 한번 모스크바에 와서 그와 밀회하기로 약속한다. 구로프의 생활은 공공연한 생활과 은밀한 생활을 지속한다. 그들은 마치 '2년가량 만나지 않았던 사람들처럼 그들의 키스는 오래 계속되었다.' 그는 최근 이삼 년 사이 사십이 넘어 머리는 차차 희어지며 갑자기 늙고 풍채는 나빠져 있었다. 여전히 아름다운 그녀는 그를 사랑했다. 그는 머리가 희어진 지금에 와서야 참다운 사랑을 찾은 듯했다. 사십 평생 많은 여성 편력을 거친 그는 처음으로 진실한 사랑의 감정에 빠지면서 주어진 현실과의 갈등에 빠진다. 사람들의 눈을 피해 만나고, 가정에는 거짓말하고 서로 다른 도시에 살면서 오랫동안 이별해야 하는 현실을 안타까워하며 서로 의논한다. '마치 철새 한 쌍이 붙잡혀 서로 다른 새장에서 길러지고 있는 것과 다를 바 없는' 상황이라고 묘사한다. '조금만 더 노력하면 무슨 해결 방법이 나올 것 같기도 했고 새롭고 아름다운 삶이 시작될 것 같았다. 종착점에 도착하려면 아직 까마득한 날들이 남아 있으며 가장 어렵고 힘든 순간이 이제 겨우 시작되었음을 두 사람은 분명히 알고 있다'는 것으로 소설은 끝난다. 나는 이 소설에서 두 주인공이 앞으로 험난한 길이 남아 있음에도 전혀 이 불륜을 끝내고 싶지 않고 진정한 사랑으로 승화하며 성공하기를 바라는 듯한 저자의 의도가 보이는 듯했다.

유부남 유부녀의 이 불륜 소설에 대해 톨스토이는 두 주인공을 '선악을 분간하지 못하는 짐승 같은 자들'이라고 도덕군자답게 혹평했다. 한편 나보코프는 이 작품을 세계문학사에서 가장 위대한 작품들 중의 하나라고 했다. 고리키는 『개를 데리고 다니는 여인』을 읽고 나니 다른 작가의 작품들은 모두 펜이 아닌 막대기로 쓴 것처럼 여겨진다'고 극찬했다.

이 작품의 줄거리가 실제 작가의 체험으로 작성된 수필로 발표되었다면 작가의 도덕성에 대해 얼마나 많은 비난을 받았을까. 남녀 주인공이 각각 가정이 있고, 유부남은 은행원, 유부녀의 남편은 고급 관리이다. 두 남녀의 휴양지 일탈이라는 이 내용이 드라마였다면 막장이라는 혹평이 대단했을 것이다. 소설에서는 그 줄거리가 불륜 내용이라도 있을 수 있는 사건이라고 넘어갈 수 있다. 소설 작가가 본인의 실제 경험담이라고 말을 하지 않아도 독자는 그의 작품에 실제 경험이 녹아 있는 각색 작품일 것이라고 짐작한다. 내 생각에 체홉은 이러한 불륜의 사랑 경험이 있어 재미있게 예술적으로 승화시키며 소설의 마지막 문단에서 사랑의 가능성을 암시하는 것 같다. 이미 28세(1886)에 문단의 총아로서 유명세를 지닌 미남자인 그가 41세에 첫 결혼 할 때까지 싱글로 얼마나 많은 연애 경험을 하였을까 상상해 본다.

체홉의 일생에서 알려진 러브 스토리는 1889년(29세) 1월 페테르부르크에서 유부녀인 여류작가 리쟈 아비로바를 만났으며, 1892년(32세) 1월 페테르부르크에서 재회했고, 1895년(35세) 2월에도 만났다고 한다. 아비로바는 그녀의 수기에서 체홉을 사랑했고 체홉도 그녀에게 적지 않은 호의를 가졌다고 밝히고 있다. 그는 1897년(37세) 9월에 모스크바예술극장의 간판 여배우인 올가 크니페르를 처음 만났다. 모스크바에서 얄타 요양지로 그를 문병온 그녀에게 감동하여 죽기 3년 전인 1901년(41세) 5월 그녀와 결혼하였는데 이것이 그의 첫 결혼이다. 그는 요양차 1904년(44세)

6월 독일의 바덴바덴으로 부인 올가와 함께 떠났고, 그해 7월 2일 숨을 거두었다.

그는 남자 형제 중 셋째였음에도 동생과 누이 부모를 보살펴야 하는 가정의 든든한 정신적 기둥이었고 늘 따뜻하고 성실한 마음과 희망을 잃지 않았다 한다. 그는 모스크바대학 의학부에 입학(1879)하여 가족의 생계를 위해 또한 학비와 생활비를 벌기 위해 신입생 때부터 이미 주간지 및 신문에 기고했고 1880년대 초에는 이런 글쓰기가 지속적이며 직업적인 성격을 띠었다. 1880년(20세)에 데뷔하여 24년이라는 짧은 집필기간 동안 그의 총 작품 수는 소설 510편에 달하며 그중 400여 편이 유머 단편이다. 그중 300여 편이 학생시절(1879~1884)과 문단에서 인정받기(1886) 전 2년간 여러 필명으로 발표한 유머 단편(꽁트)이다. 1886년(26세)에 처음으로 단편소설 〈추도식〉을 본명으로 발표했고, 1888년 중편 〈초원〉을 분수령으로 유머 단편 작가를 탈피했다. 그는 같은 해에 단편집 〈황혼〉으로 푸시킨상을 수상하며 문단의 총아로 부상했다.

체홉은 대학 졸업(1884) 후 의사로서 사회봉사를 하며 20여 년간 작품 활동을 하며 단편소설의 새로운 형식을 개척했다. 그는 의사라는 직업을 정말 좋아했다. 특히 러시아 대기근 기간(1891년 가을~1892) 농민구제운동에 힘을 다하였다. 그는 인간을 변화시키려 하거나 교육하려 들지 않았고 단순히 그들을 위로하려는 자리에 있으려 했던 작가였다. 37세(1897)에 심한 객혈로 얄타에서 요양 생활에 들어 44세(1904)까지 7년간이 그의 말년이었으나 소설을 틈틈이 쓰고 의사로서의 의무와 봉사를 다했다 한다. 『개를 데리고 다니는 여인』(1899)과 『사랑스러운 여인』(1899)이 이 시기의 작품이다. 그는 '의학은 나의 본처요, 문학의 나의 情婦다'라고 하였다. 그의 말년은 폐결핵과 고독으로 쓸쓸했다.

• 한국산문, 2022. 7.

계절 감상문 읽기

　최근에 읽은 책 중에 어느 계절을 좋아하고 왜 좋아하
는가를 생각하게 한 계절 감상 산문집이 있다.

　『작가의 계절』(다자이 오사무 외 지음, 안은미 엮고 옮김, 2021, 273쪽,
정은문고)은 옮긴 이가 일본 작가 39인의 산문 한 편 또는 두 편 등
총 51편을 모아 엮은 두 번째 산문집이다. 책의 대표 저자는 다
자이 오사무이나 일본 근대문학의 대표적인 문인들 ─ 아쿠타가
와 류노스케, 나쓰메 소세키, 모리 오가이 등의 작품이 보인다. 글
을 잘 쓰는 작가들의 계절 감상기이어서 계절에 대한 독특한 감
각이 엿보인다. 계절 게재 순서는 가을(13편)이 가장 먼저이며 다
음이 겨울(12편), 봄(13편), 여름(13편)이다. 아마도 엮은이는 가을
을 좋아하나 보다. 수록 작가 39인 중 하야시 후미코 이외 11명
여성 작가의 작품 19편이 수록되어 있다. 나는 대부분 처음 알게
된 여성 작가들이다.

　옮긴 이가 엮은 첫 번째 일본 근대 작가의 산문집은 『작가의 마
감』(298쪽, 정은문고, 2021)이다. 글 잘 쓰는 유명 작가 30명의 원고

마감 분투기이다. '쓸 수 없다, 그래도 써야 한다'와 같이 원고 마감이 주제이다. 일본 근대 유명 작가들의 산문을 엮어 번역한 단행본은 드문 것으로 알고 있다.

계절별로 유명 작가의 작품 한두 편을 소개한다.

1장 가을에서는 대표 저자인 다자이 오사무(1909~1948)의 〈아, 가을〉(1939)을 소개한다. '가을은 교활한 악마다. 여름 사이 모든 단장을 마치고 코웃음을 치며 웅크리고 있다.' 가을을 이렇게 표현하는 작가는 처음이다. 남자의 계절이라는 가을을 어떻게 이리 표현할까. 다자이는 폐 질환이 악화되자 자전적 소설 『인간 실격(人間失格)』을 1948년(39세) 5월에 완성한 뒤 그해 6월에 카페 여급과 함께 저수지에 몸을 던진 작가이다. 작가의 특이한 면을 보는 것 같다.

2장 겨울에서는 모리 오가이(1862~1922)의 〈사프란〉(1914)이다. '서재 안에서 싱싱하게 푸르디 푸른 사프란 화분에 물을 주고 싶은 인간의 동기는 무엇일까. …지금 사프란 화분에 물을 주는 것처럼 새로운 일에 손을 대면 덩달아 나선다고 한다. 손을 떼면 독선이라고 한다. 잔혹하단다. 냉담하단다. 다 타인의 말이다. 남이 하는 말에 신경 쓰다 보면 손 하나 마땅히 둘 곳이 없다.' 이 글에서 작가는 싱싱한 식물에 물주는 행위로 본인의 의지를 표현한다. 모리는 도쿄대학 의학부 출신이며 독일에 유학하여 위생학을 연구한 수재이다. 『무희』(1890)를 시작으로 『아베 일족』, 『기러기』

등 일본 근대문학에 한 획을 그은 걸작을 다수 발표한 작가이다.

3장 봄에서는 아쿠타가와 류노스케(1892~1927)의 〈봄날 밤은〉 (1927)이다. 봄날 밤에 아홉 가지 비정상적인 서사를 표현한 작품이다. 아쿠타가와는 도쿄대학 영문과 출신이다. 『코』(1916) 등 10년 남짓 작가 생활 동안 140여 편의 단편을 남긴 대가이다. 자기 삶을 무자비하게 조롱하며 야유하다 결국 죽음에 이르는 소설을 다수 집필한 작가이다. 병약 체질에 신경 쇠약으로 수면제 과다 복용으로 35세에 집에서 자살했다. 일본에서는 1935년에 그를 기념하여 일본 최고의 문학상인 '아쿠타가와상'을 제정했다.

나쓰메 소세키(1867~1916)의 작품 〈마음〉(1909)이 소개된다. 이 글은 3개월에 걸쳐 〈긴 봄날 소품〉이란 제목으로 연재한 글 중의 하나이다. '모르는 사람을 수천 명 만나는 일은 기쁘지만 그저 기쁠 뿐, 그 반가운 사람의 눈매도 콧대도 도무지 머리 속에 비치지 않는다.' 그는 도쿄대학 영문과 출신으로 영국 유학까지 한 수재이며 도쿄대학에서 강의했다. 『나는 고양이로소이다』(1905) 등 여러 수작으로 일본 근대문학의 국민 작가로 일컬어지며 우리의 이광수와 비교된다. 일본 지폐 천 엔의 장식 인물로서 인기가 높은 작가이다.

4장 여름에서는 하야시 후미코(1903~1951)의 〈시원한 은신처〉를 소개한다. '여름밤이 좋아서일까. 펜을 움직이다가 지치면 문득 가칠가칠한 방 안을 둘러본다. 이윽고 외로워진다.' 작가는 자신의 경험을 일기체로 고백한 『방랑기』(1930)로 일약 인기 작가로 부상했다. 그 인세로 1931년 11월 혼자 유럽 여행을 시작하고 이듬해 돌아와 『삼등 여행기』(1933)를 출간한 맹렬 여성 작가이다. 여성 자립과 사회 문제를 파고드는 작품을 꾸준히 선보인 결과 여류문학자상(1948)을 수상했다. 타고난 방랑자 기질로 인해 글을 쓰다 막히면 훌쩍 여행을 떠났다 한다. 돈이 바닥날 때까지 이곳저곳을 돌아다니다 돌아와서는 단편과 수필을 써서 받은 원고료로 부모님을 모시며 생계를 유지했다 한다.

나는 동남아시아 지역의 열대-아열대 나라를 수차 여행하며 이런 기후 환경에서 똑똑하고 선명한 정신으로 살기가 쉬울까 생각한 적이 있다. 일년 내내 덥고 많은 비가 오니 부지런하고 생산적이기는 어렵겠다는 느낌이 들었다. 무척 덥기도 하고 정신이 번쩍 들게 춥기도 하며 푸른 녹음이 시작되고 꽃이 만발하며 단풍과 낙엽이 지는 사계절이 뚜렷한 나라에 살고 있음을 다행이고 행운이라 여겼다. 이렇게 일반인도 계절 변화에 민감한 편인데, 감수성이 풍부한 작가는 오죽하겠는가.

• 수필과비평, 2022. 7.

『공간이 만든 공간』을 읽고

건축학과는 학생들에게 "건축은 인간이 일상생활에서 거주하고 체험하는 장소이자 공물이며, 도시를 구성하는 공공적인 존재"라는 사실에 토대를 두고 교육한다. 이러한 토대를 중시하는 건축가를 길러냄으로써 인간과 사회, 도시와 문맥, 구축과 물성, 전통과 기술에 대해 지적인 탐구와 뛰어난 상상력으로 인간의 공통된 가치를 실현한다.

건축학과에서는 두 분야 — 건축학 전공과 건축공학 전공 분야로 나누어 교육하고 연구한다. 건축학 전공은 설계를 전문으로 하는 건축사 양성이 주된 목적이어서 미술대학 성격이 짙다. 건축공학 전공은 건축구조, 건축 환경, 건설기술 분야의 엔지니어 양성이 주된 목표여서 공과대학 성격이 강하다.

『공간이 만든 공간』(부제-새로운 생각은 어떻게 만들어지는가, 유현준 지음, 을유문화사, 408쪽, 2020)은 이미 저자가 이전에 발간한 두 권의 도서 『도시는 무엇으로 사는가』(부제-도시를 보는 열다섯 가지 인문적 시선, 을유문화사, 387쪽, 2015), 『어디서 살 것인가』(부제-우리가 살고 싶은 곳의 기준을 바꾸다, 을유문화사, 378쪽, 2018)의 계속편이다. 저자는 홍익대학교 건축대학 교수이자 ㈜유현준건축사사무소 대표건축사이다. 미국 하버드대학교, MIT, 연세대에서 건축 공부를 했다. 2013 올해의 건축 Best7 등 국내외에서 여러 차례 수상과 전시 경력이 있고 여러 건축 설계 작품이 있는 뛰어난 건축가이다.

저자가 서문에서 밝히듯이 챕터의 연결을 위해 앞서 간행한 챕터 내용이 중복되고 있음을 밝히고 있다. 이 신간은 초판 1쇄 3개월 만에 8쇄를 간행할 정도의 베스트셀러이다. 이 책에는 기후변화, 농업이 만든 두 개의 세계, 두 개의 다른 문화 유전자, 도자기, 동양의 공간을 닮아가는 서양의 공간, 공간의 이종 교배 2세대, 학문 간 이종 교배의 시대, 가상 신대륙의 시대 등 9개의 챕터가 있으며 총 72개 소제목의 산문이 게재되어 있다. 이어령은, 저자는 건축가지만 특유의 인문학적 관찰력으로 '역사의 흔적들 속에 숨은 퍼즐을 찾아내 절묘하게 끼워 맞추고 있다.' '새로운 시각을 선사하는 책은 좁은 틀에 갇혀 있지 않다. 이 책 또한 그러하다'고 평한다.

나는 최근의 건축물을 바라보며 그 조형미나 건축 재료에 놀라곤 한다. 과거의 직선 모양의 입체 구조물에서 이제는 부드러운 곡선이 건축물 외곽에 표현되고 있고, 건물 벽의 디자인이나 건축 재료의 다양함을 보며 건축 설계가 매우 미술적이라는 인상을 받는다. 또한 건축 공간을 주차장 외에도 마치 공원(조경)과 같은 휴식 공간을 조성하여 편안함을 제공한다. 서양인들은 동양의 도자기에 그려져 있는 정원으로부터 공간 이용의 아이디어를 얻었다고 한다.

저자는 건축가로서 "창조적 영감은 어디에서 얻는가?"라는 질문을 자주 받는다 한다. 에디슨은 "천재는 99%의 노력과 1%의 영감으로 이루어진다"고 하며, 1%의 영감이 중요함을 강조한다. 내가 강의와 연구에서 자주 언급하는 "연속 근사의 원리(Principle of successive approximation)"가 비슷한 내용이다. 첫째는 아이디어, 다음이 개발(development), 마지막이 확립(establishment)이다. 창조적 활동은 그동안의 경험과 노력도 필요하나 본인의 독특한 아이디어에서 나온다.

출판사 서평에 의하면, 저자는 평소 전공 분야 도서가 아닌 다른 분야의 도서를 많이 읽고 자신과 다른 생각을 가진, 또는 다른 분야의 사람들과 대화를 즐긴다 한다. 다른 사람들의 생각과 하는 말을 잘 수용하며 자신의 또 다른 생각을 이야기하고 발전시켜 나간다. 요즘의 시대는 세대 간 차이를 인정하고, 이 모든 것을 융합하여 새로운 창조를 이룩하여야 하는데 이 요소가 기술이다. 건축이 다른 예술인 회화나 음악과 다른 특징이자 의사전달 도구는 비어있는 공간이다. 이 같은 빈 공간을 어떻게 디자인했느냐가 문화적 특징을 보이는 것이며, 건축가의 독창성이라 할 수 있다.

이 책에서 저자는 "새로운 생각은 시대에 따라서 다양한 모습으로 나타나지만 크게 두 가지 원리가 있다. 하나는 제약이고 또하나는 융합이다. 이 둘을 하나로 묶는 공통점은 모든 창조는 열린 마음을 가진 사람에 의해 만들어진다"는 사실을 언급한다. 건축가의 관점으로 역사 속 새로운 생각들(아이디어)은 어떻게 창출되었는지를 관찰하며, 새로운 생각을 만드는 창조적 영감은 갈등을 화합(융합)으로 이끌고자 하는 마음에서 시작된다고 결론짓는다.

• 〈리더스에세이〉 여름호, 2021. 8.

내가 사랑한『닥터 지바고』

보리스 파스테르나크(1890~1960)의 『닥터 지바고』는 소설 원작보다 영화로 더욱 유명했다. 나는『닥터 지바고』를 소설보다 영화에 더 매료되어 애독자가 되었다. 영상에서의 아름다운 풍경과 음악, 배우의 에로스적 사랑의 열연이 깊은 감동으로 남아 있다. 혹 내게 "재미있고 감동적인 소설을 소개해 달라." 하면 『닥터 지바고』를 추천한다. 영화는 미국 MGM사에 의해 1965년 데이비드 린 감독의 197분 장편으로 제작되었고, 국내에는 1978년 새해에 처음 개봉되었다. 지바고 역의 오마 샤리프는 제작 당시 30대 초반의 젊은 청년이었다. 1990년인가 강남의 S백화점에 본인의 이름을 딴 향수 홍보 차 매점에 나와 있는 그를 바로 앞에서 본 기억이 있다. 큰 키에 중후하고 백발의 50대 후반의 신사였다. 영화에서 보여 준 그의 호연과 울먹울먹한 감성적 표정이 아직도 내게는 깊게 남아 있다.

파스테르나크는 1936년부터 1960년 죽을 때까지 모스크바 인근 작가촌 페레델키오에 칩거하였다. 『닥터 지바고』는 1945년부터 1956년 사이에 집필되었으나 국내에서는 반혁명적이라 하여 출판이 거부되었다. 1957년 밀라노에서 이탈리아어로 번역본 초판이 나온 후 유럽 각국 언어로 번역판이 출간되었다. 1958년 이 소설로 노벨문학상을 수상하게 되자 소비에트 작가동맹은 "저주받을 작가, 조국에 침을 뱉은 돼지보다 못한 작가"라고 비난하며 제명하였고 국외 추방 위기에 몰렸다. 작가는 최고 권력자인 서기장 흐루쇼프에게 "조국을 떠난다는 것은 작가에게 죽음을 의미합니다."라는 탄원서를 제출하여 추방은 면하고 노벨상 수상을 거부하였다. 이 노벨상 스캔들로 작가와 『닥터 지바고』는 더욱 유명해졌다. 어처구니없는 사실은 그를 비난한 사람들 중에 그의 작품 『닥터 지바고』를 읽어 본 사람이 거의 없었다는 사실과 관제 어용 문인들의 시기와 질투로 공격의 대상이 되었다는 점이다. 노벨문학상 거부 후 그는 고독과 실의 속에 2년 후인 1960년에 사망하였다.

작가동맹은 1987년 파스테르나크 문학유산위원회를 발족하고 기념관 개관 사업을 시작하였으며, 작가동맹 제명 처분 후 30여 년 만에 복권되었다. 『닥터 지바고』는 1988년 〈신세계〉 1월호부터 4월호까지 4회에 걸쳐 연재되었고, 러시아에서 처음으로 그의 단행본이 1989년 발간되었다. 또한 1989년도에 그의 큰아들 예프게니(1923~2012)에 의해 노벨문학상을 대리 수상하였다. 예프게니는 1960년대부터 아버지 파스테르나크의 문학 유산을 연구하기 시작했다. 유네스코는 1990년을 '파스테르나크의 해'로 선포하고 탄생 100주년 행사로서 파스테르나크 기념박물관을 폐

레델키오에 개관하였고, 파스테르나크 기념 우표가 러시아에서 발행되었다.

아마도 나라면 작가동맹에서 제명을 하고 비난하여도 또한 국외로 추방된다 하더라도 분명히 노벨문학상을 수상하였을 것이다. 국내가 아닌 국외에서도 얼마든지 애국심을 발휘하고 문학 활동을 할 수 있다고 생각하기 때문이다. 그는 사상적으로 확고한 혁명 이념이 없는 지식인이었으며 이러한 성향이 그의 분신인 지바고에게 투영되었다고 여긴다. 『닥터 지바고』는 삶과 자유를 사랑한 작가의 분신으로서 그의 유일한 장편소설이다. 지식인이 제1차 세계 대전과 러시아혁명과 내전을 겪으며 인생 역전을 그린 비극으로 격동기를 살아가는 지식인의 고난과 여주인공 라라와의 숙명적인 사랑을 그린 인간애가 넘치는 주인공의 일대기이다. 이 책의 연대별 순서를 보면, 처음 연대는 "1903년 여름의 어느 날 … 유리(지바고)는 외숙과 함께", 마지막 연대는 "1929년 초여름은 무척 더웠다. …"로서 소설의 배경은 1903년부터 1929년까지 26년간에 걸쳐 있다.

지바고의 장례식장에서 라라의 독백, "이제 아무도 남지 않았다. 한 사람은 죽었고 다른 사람은 자살했다. 뒤따라 죽여야 할 사람만이 남아 있다. 그는 나의 인생을 나도 모르는 범죄의 고리로 만들어 버린, 낯선 불필요한 하찮은 자였다. (중략) 나에게 필요한 가까운 사람들은 아무도 남지 않았다." 여기에서 죽은 사람은 유리 지바고이고, 자살한 사람은 남편 파샤(파벨 안치포프)이다. 그녀가 죽이려 했으나 실패한 남자는 작품 인물 중 유일한 악인이고 냉혹한 사업가이자 변호사이며, 청순한 16세 소녀 라라를 유혹해 정조를 유린한 코마로프스키이다. 그와 같은 악인이 왜 죽지 않고 선한 인간들이 먼저 죽는지를 분노하게 하는 인물이다.

주인공 지바고의 최후를 보자. "(1929년) 8월 말의 어느 날 아침, 지바고는 전차에서 구토할 것 같은 답답함을 느끼며 참을 수 없는 아픔이 가슴에 느껴져 오는 것을 알았다. 그는 몸속의 어딘가가 부러졌고, 이것이야말로 치명적인 것이며, 모든 것이 끝나 버렸다고 느꼈다. (중략) 서 있는 전차의 승강대에 내려섰다. 그러고서 한 걸음, 두 걸음, 세 걸음 내딛다가 고꾸라져 더 이상 일어나지 못했다." 지바고는 소년에서 26년을 더 살았으니 30대 중반(35세?)에 죽은 셈이다. 나는 왜 그가 백발의 중년에 죽었다고 생각해 왔을까. 다분히 영화의 영상 때문이다. 지바고로 분한 오마 샤리프(이집트인, 1932~2015)가 전차 안에서 창을 통해 거리의 인도를 걸어가는 라라(줄리 크리스티 분, 인도 출신, 1941~)를 발견하고 전차에서 급히 내려 쫓아가려다 거리에서 심장마비로 쓰러지는 백발의 노쇠한 그를 연상하고 있었다.

라라의 최후를 보자. 그녀는 지바고의 어릴 때의 집인 장례식장에 우연히 들러 시신 앞에서 독백 "드디어 우린 다시 만났군요, 유로츠카(지바고). 하느님께서는 정말 우리의 재회를 아주 끔찍한 방법으로 마련해 주셨어요. (중략) 당신은 가고 나는 종말을 맞았어요." 라라는 지바고의 이복동생과 수일간 지바고의 유고를 정리하는 일을 돕던 중 사라진다.

"어느 날 라라는 밖으로 나가 돌아오지 않았다. 그녀는 그 무렵에 틀림없이 길거리에서 체포를 당했을 것이다. 라라는 흔적도 없이 사라졌고, 북쪽의 헤아릴 수 없이 많은 남녀 공동이거나 여자만 수용하는 어느 집단 수용소에서, 나중에 소홀히 다루어 없어진 명단의 이름 없는 숫자로서 잊혀진 채 어디에선가 죽었을지도 모른다." 이 작품의 배경 시대에 한 개인의 죽음이 얼마나 불행하고 하찮았는지를 보여주고 있다.

소설에서 지바고와 라라의 수차에 걸친 우연한 만남, 예를 들면 지바고의 유년 시절 얼핏 마주친 그녀와의 만남 이후 제1차 세계 대전에 종군하는 군의관 지바고와 간호사 라라의 야전병원에서의 만남, 광활한 우랄지방 소도시의 도서관에서의 마주침, 지바고의 모스크바 옛집 장례식장에 우연히 들르는 라라 등 극단적인 우연의 연속은 소설의 구성을 어색하게 한다. 아마도 시인의 소설 쓰기인지 모르겠다. 지바고는 생전에 아내 토냐, 라라, 만년에 내연녀인 마리아 등 세 명의 여인이 있었고, 라라는 남편 파벨, 지바고, 악인 코마로프스키 등 세 명의 남자가 있었다. 아내가 있는 남자와 남편이 있는 여자의 불륜적 사랑으로 취급할 수도 있겠다. 나는 사랑은 온전한 제 정신에서 하는 것이 아니라는 생각이다. 숙명적 사랑에 빠지는 두 주인공의 에로스적 사랑이 아름답게 연상된다.

여주인공 라라는 작가의 내연녀인 올가 이빈스카야(1912~1995)를 모델로 하였다 한다. 두 사람은 1946년(올가 34세, 파스테르나크 56세)에 만나 작가가 죽을 때까지 14년간 연인이었다. 진보적 잡지의 편집장이었던 올가는 스탈린 정권에 의해 1949년 스파이

혐의로 체포되었다가 1953년 스탈린 사후 사면되었고, 1960년 파스테르나크 작고 후에는 그의 연인이었다는 이유로 시베리아에 4년 유형에 처해졌다. 작가의 큰아들 예프게니는 라라의 모델이 성격은 비슷하나 올가는 아니라고 한다. 그 이유는 작가가 올가를 만나기 이전에 이미 『닥터 지바고』를 집필하기 시작했기 때문이라 했다.

"당신은 라라를 닮았네요. 당신은 지바고 같은 사람이네요."라는 말이 당시 최고의 칭찬이었다는데, 그런 말을 지금도 들을 수 있을지 궁금해진다.

• 한국산문, 2021. 3.

『런던은 건축』을 읽고

삼십 대 중반에 영국 런던에서 연구 생활로 일 년을 보냈다. 젊은 자유인으로 런던 Imperial College에서 박사후(Post-Doc.) 연구원으로 체류하면서 두 개 재단으로부터 체재비를 지원받고 있어 여유가 있었고 건강했다. 외국 생활에서 건강과 경제적 문제가 충족되면 가장 여건이 좋은 상태이다. 공부만 또는 연구만 하면 된다. 내 인생의 자칭 전성기 또는 푸른 시절이었다. 그 이후에도 학회 참석, 공동 연구, 유학 중이던 아들 방문이나 여행차 단기 방문으로 지난 30년(1982~2012)간 자주 런던을 방문했다.

런던 생활에 대해서는 잘 알고 있다고 자부하던지라『런던은 건축』(부제-걷고 싶은 날의 런던 건축 안내서.수자타 버먼 & 로사 베르톨리 지음, 강수정 옮김, 2021, 194쪽, HB Press.) 책 소개를 자원했다. 포켓 크기의 책(11.3cm x 16.2cm)으로서 볼륨도 200쪽이 안 된다. 이 책은 런던 최고의 건물을 엄선하여 보여 주며 런던의 뛰어난 건축을 오감으로 느끼고 싶은 사람들에게 보이고 싶다는 의도를 소개하고 있다.

나는 이 책을 읽으며 책 소개 지원을 잘못했다고 느꼈다. 이 책에서 소개되는 54개 건축물 중 내가 직접 보고 아는 건물은 몇 개 안 되었다. ─ 대영박물관, 세인트 폴 대성당, 웨스트민스터 지하철역, 큐 왕립 식물원, 테이트 모던(현대미술관) 등이 고작이었다. 전공이 건축 분야가 아니어서 역사적인 또는 현대식 아름다운 건물을 눈여겨보지는 않았다. 그렇다고 해도 내 나름으로는 런던을 꽤 알고 있다고 생각해왔는데 착각이었다. 런던 히스로공항에 도착하여 시내로 들어갈 때마다 나는 "이 도시는 왜 변하지를 않지"라고 생각하곤 했다. 나의 마지막 런던 방문은 2012년 초였다. 런던 시내에서는 주로 지하철을 이용하거나 버스로 단거리를 이동하곤 했으므로 새로운 건축물의 건립 등 지상의 변화를 눈치채지 못했다.

특히 런던의 랜드마크로 2012년에 완공된 템스강 변의 초고층 주상복합 건축물 "더 샤드"(The Shard)는 실물을 본 적이 없고 이 책의 사진으로 처음이었다. 높이 309.6m로서 영국 최초의 초고층 빌딩이고, 서유럽에서 가장 높은 건물로서 하이테크 건축의 대가 렌초 피아노의 설계로 95층짜리 피라미드 타워(유리 탑)이다. 참고로 서울의 롯데월드타워는 지상 123층, 높이 555m의 마천루로 2016년 12월에 완공되었다. 건축가는 콘 페더슨 폭스이며 유리창 피라미드 타워가 더 샤드와 매우 비슷하다.

내가 알기로는 런던은 재개발이 거의 없는 것으로 알고 있다. 시내 거리의 빌딩 또는 하우스들은 건립된 지 보통 백 년이 넘으며, 이 건물을 파쇄하고 그 자리에 새로운 건물을 짓지 않는 것으로 알고 있다. 기껏해야 옛 건물에 새로 옷을 입히고 내부 수리하는 리모델링 정도로 이해하고 있다. 역사와 전통을 존중하는 영국인의 특성상 더 샤드 같은 초고층 건물의 인허가에 9년이나 걸렸다 하니 이해가 된다.

나는 이런 초고층 피라미드 타워를 보면 수년 전 방문했던 그리스 중부의 산간 벽지마을 칼람바카 부근의 메테오라(Meteora) 수도원이 기억난다. 메테오라는 '공중에 뜬' 또는 '공중에 매달려 있는' 이란 뜻이다. 중세인 14~16세기에 해발 500~600m 높이의 돌기둥 정상에 수도원을 지었다. 그 시기에 그 높은 곳에 수도원을 지을 건축 자재를 어떻게 운반하고 올라갔는지 불가사의 건

롯데월드타워, 서울.
123층, 높이 555m, 2016년 준공.

더 샤드(The Shard), 런던.
95층, 높이 309.6m, 2012년 완공.

축물이다. 비슷한 높이의 롯데월드타워 정상을 올려다볼 때마다 메테오라수도원을 생각하곤 한다. 외세의 침입과 간섭을 피해서 또한 더 높이 하느님 가까이에 가겠다는 인간의 종교적 의지와 믿음은 상상을 초월하고 있다.

이 책은 크기가 너무 작아서 건물마다 전체 조감도는 어렵고 건물 일부를 사진으로 보여 주기도 하여 아쉬웠다. 건물의 위치를 먼저 보여 주는 지도가 유용했고 특히 접근할 수 있는 지하철역 표시가 잘돼 있어 좋았다. 런던에서는 가장 편리한 접근방법이 지하철이기 때문이다. 런던 시내에서는 자동차 도로도 좁고 버스와 영업 택시 이외에는 다닐 수 없다. 책의 편집이 이상하여 목차가 없으며 각 페이지의 상단 숫자는 쪽수가 아니고 책과 지도에서 언급하는 건물 번호이다. 예를 들면 테이트 모던(Tate Modern) 현대미술관은 25번이고 샤드는 31번이며 센트럴 런던 지도상에서 템스강 남쪽에 있다. 건물 소개는 한쪽에는 간단한 정보와 위치, 지하철역이 기재되어 있고, 또 한쪽에는 건물 사진이 있다.

간단한 런던 건물 가이드 책이라고 할 수 있다.

•〈리더스에세이〉 봄호, 2022. 4.

모든 저녁이 저물 때

　　『모든 저녁이 저물 때』의 저자 예니 에르펜베크(1967~)는 동베를린 출생이다.

　　작가는 작년 11월 25일 서울 은평구가 주관하는 제5회 '이호철 통일로문학상' 본상을 수상했다. 이 상은 분단 문학의 대표 문인으로 꼽히는 이호철(1932~2016) 소설가를 기려 2017년 서울 은평구가 제정했다. 수상자는 언어나 국적에 상관없이 현재 활동 중인 생존자를 대상으로 전 지구적 차원에서 일어나고 있는 분쟁이나 젠더, 난민, 인종, 차별, 폭력, 전쟁으로 인해 발생하는 문제를 문학적 실천으로 극복하고자 노력하는 작가를 선정한다고 한다.

　　독일 역사 속 여성의 삶을 보여주는 『모든 저녁이 저물 때』는 "만약 그때 죽지 않았다면"이라는 네 번의 가정에서 다섯 권의 이야기가 이루어진다.

　　유대인 엄마와 가톨릭 신자인 아빠 사이에서 1902년 태어난 주인공은 생후 8개월 되던 무렵 유아 돌연사로 최초의 죽음을 맞는다. 만약에 이때 죽지 않았다면(제1권), 주인공은 어떤 삶을 살게 되었을까를 상상한다. 이 주인공이 젊은 여인으로 성장하여 제1차 세계대전을 겪고 사랑하다가 죽는데 이때 죽지 않았다면(제2권), 주인공은 공산주의자가 되어 결혼하고 모스크바로 이주 스탈린 치하에서 체포되어 수용소에서 죽는데 이 죽음을 피할 수 있었다면(제3권), 전후에 동독으로 돌아가 작가로 명성을 날리며 예순이 되기 전 계단에서 굴러 실족사하는데 이 죽음을 피할 수 있었다면(제4권), 동서독은 통일되고(1990) 주인공은 아흔의 나이(1992) 생일 바로 다음 날 치매 노인을 위한 양로원에서 죽는다(제5권).

작가는 독자들에게 끊임없이 "만약 그때 다른 선택을 했다면" 어땠을까 하고 묻는다.

우리 인생에서도 여러 차례 중요한 순간에 선택해야 할 일들이 있기 마련이며, 이 선택이 어떨 때는 치명적인 결과를 가져오기도 하고 다행인 경우도 있었을 것이다.

작가는 1999년에 데뷔하였고 이 책의 원본 간행은 2012년이며, 배수아 작가에 의한 번역본 출간은 2018년이다. 이 작가와 작품에 대한 참고 자료는 거의 없으며 유일하게 서울대 독문학과의 〈페미니즘과 역사의 재구성 ― 예니 에르펜베크 소설 연구〉 문학 석사 학위 논문(오은교, 2018, 총 89쪽)이 있다. 이 논문은 작가의 여러 소설 작품에 대한 연구이며 『모든 저녁이 저물 때』에 대한 설명이 일부 들어 있다. 주요 부분을 소개하면,

'할머니-어머니-딸은 유대계 여성으로서 겪는 이중의 고통을 함께

경험하는 처지임에도 서로에게 좀처럼 다가서지 못하고 여성 세대들 간의 연결은 지속적으로 와해된다.'

'가족들을 먹여 살리기 위해 수단과 방법을 거르지 않고 살다가 비정하고 잔인하게 변해가는 여성들의 삶에 대한 통찰을 통해 정치적 주체로 각성해 나간다.'

'이 어머니들이 보이는 잔인함과 억척스러움은 가족들의 생계를 책임져야 했던 여성들이 삶의 과정 속에서 얻게 된 자질이지 결코 선천적이거나 필연적인 것이 아니었다는 사실을 말해준다.'

'주인공이 작가가 되는 것은 그녀가 일방적으로 주어지기만 하는 언어와 이미지들의 표상들을 거부하고 스스로의 언어로 세계를 이해하기 위함이다.'

'죽음의 문턱에 이른 그녀가 오래전에 소식이 끊겨버린 어머니의 환영을 보는 대목은 어머니를 이해하고 싶었던 딸의 소망을 드러내 준다.'

'작가는 그녀가 보여주는 강인한 생명력과 생존 이후의 생이 선사하는 여러 가능성을 "부활" 모티브를 통해 강조함으로써 소설을 유대계 혈통의 비참한 여성 수난 서사가 아닌 살아남기 위해 분투했던 한 여성의 주체적 실존에 관한 이야기로 정립시킨다.'

소설의 배경이 되는 반유대주의, 히틀러와 나치즘, 제2차 세계대전, 사회주의 혁명과 공산주의 연방, 독일 통일 등은 유럽을 뒤흔든 거대한 흐름이었다. 이러한 조류에 개인의 인권과 존엄은 무시되기 일쑤였을 것이고, 더욱이 유대인이며 가련한 주인공 여성의 운명은 바람 앞에 촛불이나 마찬가지였을 것이다. 격동의 시대를 거치며 한 여인이 네 번이나 죽음을 피할 수 있었다면 그 후 어떻게 살았을까 하는 가정법을 적용한 독특한 소설인데 이러한 형식은 처음 접해 본다.

작가는 탄탄한 구성력과 시적 언어를 통해 인간의 삶과 죽음을 돌아보게 한다. 작가가 보여주는 맹렬한 서사가 급격한 상승곡선을 그릴 때 우리는 복잡한 감정을 느낀다. 작가가 전해주는 뜨거운 감정과 묵직하고 흡인력 있는 문체, 바로 그것이 우리가 작가의 작품을 사랑할 수밖에 없는 이유다(유성호 교수).

'신이 주셨고 신이 거두어 갔다.'(첫 문장)

'한 사람이 죽은 하루가 저문다고 해서 세상의 모든 저녁이 저무는 것은 결코 아니다.'

'정말 중요한 것은 지금 막 지나온 순간이 아니라 모든 순간인 것이다.'

'그러니까 죽음은 한순간에 일어나는 것이 아니라 일생에 걸친 전선(戰線) 같은 것일까?'

국내에 간행된 이 작가의 소설은 『늙은 아이 이야기』(2001), 『그 여자의 질투』(2004), 『아트로파 벨라돈나』(2004), 『그곳에 집이 있었을까』(2010) 등이 있다.

유대인 여주인공의 아흔 일생을 '만약 그녀가 그때 죽지 않았다면' 하는 네 번의 가정으로 스토리를 이어가는 독특한 형식의 이 작품을 일독하기 권한다.

• 수필과비평, 2022. 11.

백 년의 고독

『백 년의 고독』(조구호 옮김, 2000, 민음사)은 가브리엘 가르시아 마르케스(1927~2014)의 스페인어 장편소설이다. 저자가 23년간 구상하고 18개월에 걸쳐 집필했다는 이 작품은 출간 (1967)하자마자 세계적인 작품이 되었고, 저자에게는 노벨문학상 (1982)을 안겨주었으며 '20세기의 세르반테스'라는 칭송을 받았다. 이 작품은 라틴아메리카 문학의 대표작이며, 스페인어권에서는 『돈키호테』(1605) 이후 400여 년 만에 나온 대작으로 평가된다. 지금까지 30여 개의 언어로 번역돼 2,000만 부 이상 판매된 것으로 추정된다. 소설은 1830년대부터 1930년대까지 약 백 년에 걸쳐 콜롬비아 북부의 카리브해 지방을 배경으로 전개된다.

이 작품은 라틴아메리카의 정치적, 사회적 현실에 대한 풍자를 신화적인 수법으로 나타낸다. 신화적 요소를 도입하여 카리브해 지역의 가상 마을 '마콘도'의 건설과 비극, 호세 아르카디오 부엔디아 집안이 5대에 걸쳐 겪는 고통과 절망을 이야기 문체로 이어 나간다. 마콘도는 주민들이 알고 있던 어떤 마을보다도 잘 정비되고 부지런한 마을이었다. 에덴동산과 같은 마콘도는 외부 세력의 폭력, 즉 황금의 폭력, 자유의 폭력(보수당과 자유당의 극단적 대립), 달콤한 바나나의 폭력(미국의 바나나 회사 건설)으로 멸망으로 치닫는다. 이 작품은 '마술적 사실주의' 기법으로 소설 언어의 새로운 지평을 열었다는 평가를 받고 있다.

마술적 사실주의는 『백 년의 고독』의 가장 큰 미학적 특징으로 자주 언급된다. 마술적 사실주의는 종래의 사실주의가 지닌 현실의 좁은 차원에서 벗어나 폭넓게 현실을 이해하려 한다. 마술적 사실주의자들이 말하는 현실은 일상사를 비롯해 정치적 사회적 경제적 고통뿐만 아니라 신화와 신앙 혹은 민간요법까지 포함한다. 종래의 사실주의 작가들이 추구했던 '눈에 보이는 현실'뿐만 아니라 일반인들이 굳게 믿고 있는 '눈에 보이지 않는 현실'까지도 현실로 간주하면서 현실의 지평을 확장한다. 마르케스는 이성주의자들과 스탈린주의자들이 항상 강요했던 현실의 한계를 극복하여 보다 광범위하고 다채로운 라틴아메리카의 현실을 다룬다. 작품 속에서의 환상성은 대부분 라틴아메리카 인들의 산 경험인 현실에서 유래하고 이런 경험을 바탕으로 마술적 사실주의라는 문학 형식이 이루어진다. 마술적 사실주의는 사실과 환상, 사실과 허구가 초현실주의적 수법으로 교묘하게 결합되어 있는 형태이며 그 특징은 다음과 같다.(송병선 교수 강연 자료 참고)

1) 세밀한 묘사를 통해 현실과 유사한 허구 세계를 창조한다.
2) 작품 속에 우리가 알고 있는 우주의 법칙으로 설명할 수 없는 마

술적 요인들이 등장한다.

3) 두 영역 혹은 두 세계가 근접하거나 혼합된다(예를 들면 산 자와 죽은 자의 세계, 또는 허구와 사실의 경계 등).

4) 마술적 사실주의는 기존 사실주의의 시간, 공간, 정체성에 의문을 던진다.

콜롬비아는 커피, 담배, 바나나 및 마약 마피아로 유명하며 또한 금의 세계적 생산지이다. 지난 1994년 FIFA 월드컵 축구에서 우승 후보로 지목되었으나 미국과의 16강 경기에서 수비수의 자책골로 탈락되었는데, 이 수비수는 경기에서 돌아와 자국 내에서 피살될 정도로 축구에 광적인 나라이다.

『백년의 고독』이 출간된 1967년에는 콜롬비아가 제국주의를 경험한 저개발국가 중의 하나였다. 저자는 작품을 통해 콜롬비아와 중남미의 역사를 새로 조명한다. 이 역사는 탄생부터 수백 년간 외세의 침략과 폭력에 시달려 온 역사이다. 남미가 알려진 시기는 50여 년 정도이며 그 이전은 암흑과 혼돈의 세계였다.

책의 주제는 첫째, 고독(고립)과 사랑이다. 고독의 반대는 유대와 연대 환대 또는 공감일 것이다(영어로는 hospitality). 타인에 대한 이해와 배려 애정 신뢰감 등으로 타자를 수용할 수 있어야 하며 자기 성격을 넘어서야 한다. 둘째는 역사와 정치이다. 남미 역사에 가한 제국주의의 폭력을 비판함이 마르케스 문학의 핵심으로서 정치성을 강조한다. 즉 마콘도의 평화-번영-폐허화는 라틴아메리카의 역사를 은유적으로 표현한 것이라고 한다. 책 내용에 전반적으로 흐르는 근친상간의 욕망이 특징이다. 그 결과 비극적인 운명과 죽음에 이르는 처절함에 놀란다. 소설의 가장 마지막에는 아우렐리아노와 아마란따(이모)의 욕정의 산물인 돼지 꼬리 달린 아기가 태어나고 개미 먹이로 없어지며 이 가문의 역사는 끝난다. 비상식적인 전개와 결말은 역시 마술적 사실주의의 일환으로 보인다.

이 책은 줄거리를 따라가며 사실 좀 황당한 느낌이 드는 내용이 나오며 유사한 이름의 인물들이 출현하며 읽기를 힘들게도 한다. 민음사 발간의 이 책은 두 권으로 구성되어 있다. 특히 제1권의 첫 부분에 나오는 '부엔디아 집안의 가계도'를 참고하면 본문에서 계속되는 비슷비슷한 이름의 추적이 그리 어렵지만은 않다. 참고로 이 작품의 전문가인 송병선 교수(울산대)의 강연 자료와 영상을 네이버에서 '백 년의 고독 송병선 교수'로 검색할 수 있다. 남미 스페인어권의 대표작인 이 책의 일독을 권한다.

• 에세이스트, 2022. 11~12.

산시로 따라가기

일본 도쿄는 나에게 익숙한 도시이다. 청년 시절 도쿄 대학에서 연구 생활을 하며 홀로 지낸 적도 있어 유독 애착이 가는 도시이다. 교수 재직 중에는 학술 활동으로 일주일 내외의 단기 방문을 여러 차례 하여 도쿄 생활에 비교적 익숙한 편이다. 40여 년 전 도쿄를 처음 방문하였을 때 거미줄 같은 지하철 노선도를 보고 놀랐고, 특히 도쿄역에서는 출구가 너무 많아 길 찾기도 어려웠던 기억이 있다.

저자는 『길치 모녀 도쿄 헤매기記』(권남희, 343쪽, 2012, 사월의책)가 도쿄 안내 책자가 아니고 동네 푼수 아줌마의 수다 정도라고 표현한다. 이 책은 21년 차 일본 문학 번역가(권남희)의 도쿄 여행 에세이이다. 글쓰기 능력이 대단하여 일주일 동안의 여행을 340쪽에 걸쳐 재미있게 서술하고 있다. 책의 시작은 서울에서 도쿄로 그리고 마지막에는 도쿄에서 서울로 마무리하고 있다. 도쿄에 처음 여행 가는 사람들이 즐겨 찾는 주요 지역, 즉 다이칸야마와 지유가오카, 도쿄 타워(도쿄의 상징)와 롯폰기, 기치조지와 미타카(저자의 신혼 생활 장소, 다자이 오사무 문학관, 지브리 미술관), 하라주쿠(젊은 이들이 좋아하는 도깨비 상자 같은 아기자기한 매점 거리)와 메이지 신궁, 시부야(충견 하치코), 신오쿠보(한국인 유학생 이수현 군의 추모비), 간다(고서점 거리), 우에노(공원과 동물원, 공항 연결 지하철역, 코리아타운, 미술관), 도쿄돔 시티(복합엔터테인먼트 공간), 도쿄도청, 요코하마, 신바시(스테이크하우스), 신주쿠(상가 번화가, 노숙자와 빌딩 숲), 긴자(어른들의 거리)의 방문기이다.

머잖아 갱년기가 될 엄마와 사춘기 청소년인 고교생 딸(18세)이 동행이다. 대학 입시를 앞둔 딸의 대학 진학을 고려하여 도쿄대, 와세다대, 게이오대 등 3개 명문대학을 방문하는데, 이 점이 일반 여행자의 여행 코스와 다르다. 청소년 시절 엄마와 함께 떠나는 마지막 여행이라고 하며 여행 중에도 딸은 갑, 엄마는 을이다. 저자는 하루 단위로 카페, 쇼핑, 대학, 추억 순례식으로 계획을 세운다. 저자는 본인이 열 번을 가도 처음 간 것처럼 느끼는 길치라고 한다. 근거 없는 자신에 대한 믿음과 기대와 불안 속에 출발하였다.

일정표 없이 다이칸야마와 지유가오카(몽블랑 제과점)에서 카페 순례와 그림처럼 아름다운 거리―가로수와 벤치가 하염없이 이어지고 양쪽 길가의 옷가게와 카페, 깔끔한 음식점이 늘어서 있는 도쿄 사람들이 살고 싶어하는 동네이다. 상기 3개 명문대 방문 특히 도쿄대의 소개가 남다르다. 도쿄대학은 메이지시대에 "가난 속에서 교육만이 살길"이라 하며 1877년 설립한 대학이다. 1960년대 일본 학생 운동의 상징인 야스다 강당과 산시로(三四郎) 연못을 소개한다. 캠퍼스 중앙에 숲에 둘러싸인 이 연못은 나스메 소세키(1867~1916)의 청춘소설『산시로』에서 이름을 따왔다. 산시로는 시골 출신으로 도쿄대학에 입학한 남자 주인공의 이름이다. 저자는 일본 문학 번역가로서 산시로 연못을 바라보는 가슴이 설렜다고 표현하는데 이러한 점이 일반 여행가와는 달리 보인다.

나는 도쿄대학을 방문할 때마다 교정 안의 객원 숙소에 머물곤 하여 산시로 연못을 자주 찾았고 산시로 주인공을 떠올리곤 했다. 나무숲에 둘러싸인 고즈넉한 산시로 연못 분위기에 매료될 때마다 모교의 자하연(紫霞淵) 연못을 떠올리곤 했다. 모교 중심부에 있는 이 작은 연못은 인기 많은 명소 중 하나여서 유동 인구가 가장 많은 곳이다. 은은하게 물을 내뿜는 분수와 주변의 우거진 나무들, 뒤에 보이는 캠퍼스 건물과 조화를 이루고 있어 편안함을 주는 공간이다. 이곳의 과거 명칭이 자하골(谷)이다. 자하연 옆에 조선 후기 시와 서화의 대가인 자하(紫霞) 신위(申緯, 1769~1845)의 표지석이 있다. 신위는 후배인 추사 김정희(1786~1856)와 함께 조선 후기 문학 예술사의 양대 거봉으로 평가되고 있다.

나는 사십여 년 전 도쿄대학에 체류할 때 나스메 소세키의 이름과 소설을 처음 알았다. 이 시기만 하여도 우리나라에 번역된 일본 소설이 드물었다. 이 작가의 대표작인『나는 고양이로소이다』(문학사상)의 번역 초판은 1997년에 국내에서 처음 발간되었다. 도쿄대학 구내에서는 차량 진입을 할 수 없음이 내겐 인상적이었다. 대학 병원과 학내 버스 종점까지 매우 제한된 짧은 이차선 도로에만 차량이 진입할 수 있다. 캠퍼스 부근 지하철역에서부터 정문이나 후문까지 걸어야 하며, 학내에서는 무조건 걷거나 자전거를 이용함이 우리와 다르다.

신주쿠에서는 남자들에게 흥미로운 라이브 쇼가 있다. 우리 한국이라면 허가 불가능한 쇼이다. 일본인의 성에 대한 야릇한 호기심과 정신세계를 볼 수 있는 곳이다. 주위 사람들에게 피해를 조금도 안 주려고 노력하는 일본인의 생활 태도나, 외관적으로는 웃으며 친절하게 대하는 예의, 초대 자리가 아니면 철저하게 각자 지불 하는 성격 등은 특이하다. 주위 환경을 깨끗이하는 생활 자세, 자신의 내면이나 가정환경을 공개하지 않으며, 남이 알아주든 말든 한 가지 일에 매진하는 성격, 집안의 전통을 이어 나가는 풍습 등은 일본인의 잘 알려진 특성이다. 이런 사람들이 지난 일제강점기에 조선인을 대상으로 잔혹한 행위를 수없이 계속했다는 사실이 상반되게 느껴진다.

내가 도쿄를 처음 방문했던 1980년에는 환율이 세 배였다. 당시에 이발비나 사과 한 알이 우리 한화로 계산하면 왜 그리 비싼지 놀랐었다. 지금은 환율이 십배 이상이니 더욱 비싸게 느껴질 것이다. 특히 식당에서 반찬마다 가격이 정해져 있어 함부로 주문할 수가 없다. 예를 들면 한국에서 식사 때 따라 나오는 반찬인 김치는 일본에서는 김치 한 접시마다 지불해야 한다. 일본인은 식사 후 음식을 거의 남기지 않는다. 이 책에서도 지유가오카 몽블랑 제과점에서 과자들의 높은 가격에 비명을 지른다. 도쿄의 비즈니스호텔 경우 화장실은 몸을 돌리기도 힘들 정도로 너무 좁다.

이 책은 저자가 고등학생인 딸과 함께 가장 가보고 싶은 도쿄의 명문대 세 곳을 방문하며 지극히 대한민국의 학부모다운 생각임을 스스로 인정한다. 나는 도쿄대학 구내를 산책하기를 추천한다. 대학의 상징인 아카몬(赤門)으로 들어가서 자동차 통행이 없는 조용하고 역사를 담은 교정을 둘러보기를 권한다. 대학 내의 서점과 문구점, 저렴하며 맛진 학생 식당들, 박물관, 야스다 강당, 산시로 연못, 오래된 연구실 건물 사이로 산책을 하며 뒷문으로 나가 우에노(上野) 공원으로 발걸음을 옮긴다. 우에노에서 공원과 미술관, 시장 거리 특히 저렴하면서도 양질의 문구용품을 구할 수 있다. 이 책은 도쿄의 여러 지역을 방문하며 소개하고 있으나 스케치한 지도 한 장도 없어 답답한 느낌이 든다. 중간중간 적절한 사진과 삽화로 읽기 편하며 재치 있는 글쓰기로 지루하지 않아 일독을 권한다.

• 〈리더스에세이〉 신년호, 2022. 2.

『시베리아 문학기행』을 읽고

　　　시베리아횡단철도 여행은 내게 우선순위가 높은 희망 여행 중의 하나이다. 현재까지 나의 러시아 여행은 에스토니아 국경을 지나 상트페테르부르크까지가 고작이다. 시베리아 철도 여행에 대비하여 여러 관련 문헌과 자료를 섭렵하고 있다. 재작년 여름 선배 동료 교수가 블라디보스토크-이르쿠츠크-모스크바-상트페테르부르크를 잇는 20일간의 철도여행을 마치고 여행기를 발표함을 보며 내가 한발 늦었다는 가벼운 탄식도 했다. 열차 내에서 장시간 여행을 어떻게 견디었느냐고 물으니, 침대칸에서 나와 좁은 통행로에 의자를 놓고 앉아 독서를 즐겼다는 멋진 대답이었다.

　　시베리아횡단철도 노선은 블라디보스토크에서 모스크바까지 9,288km 거리이다. 이 철도 기공식은 1891년 5월 31일 니콜라이 황태자(후에 니콜라이 2세)가 주관한 자리였다. 블라디보스토크역 승강장에 9288이라는 숫자가 크게 새겨진 시베리아 횡단 열차 기념탑이 있다. 니콜라이 2세는 1894년에 황제가 된 이후 1, 2차에 걸친 대공사 끝에 1916년에 횡단철도를 완공하였다. 이 황제는 1917년 2월 혁명으로 폐위되어 1918년 7월 볼셰비키 혁명 세력에 의해 가족(황후와 1남 4녀)과 함께 처형되었다.

"시베리아 문학기행"하면 나는 가장 먼저 도스토옙스키 (1821~1881)의 『죽음의 집의 기록』(1860년 서론 게재를 시작으로 연재되다 1862년 단행본으로 출간)이 떠오른다. 이 장편소설은 러시아 최초로 감옥과 유형 생활을 묘사하는 작품이다. 반정부 음모에 가담한 죄로 1849년 4월 밀고를 당해 사형선고를 받고, 같은 해 12월 22일 사형 집행 대열 둘째 줄에 대기하다가 집행 직전에 황제의 명령으로 중지되었다. 이 처형식 연극은 니콜라이 1세 (1825~1855) 황제가 반체제 젊은이들에게 호된 맛을 보여주기 위해 미리 꾸며진 각본이었다 한다. 그는 4년간의 시베리아 징역형과 그 이후 병역의무를 진다는 판결을 받았다. 옴스크 요새 감옥에서 1850년 1월 하순부터 약 5kg의 족쇄를 차고 복역 형기를 시작하여 1854년 2월 출감 하고 수비대대에 배속되었다. 1859년(38세) 4월에야 병역이 면제되어 그해 12월 십 년 만에 페테르부르크로 귀환했다. 도스토옙스키는 올해(2021)가 탄생 200주년이며 '페테르부르크의 작가'라고 불린다.

「러시아문학의 뿌리, 시베리아를 가다」라는 부제가 달린 이 『시베리아 문학기행』(이정식 지음, 서울문화사, 429쪽, 2017년)은 저자가 직접 찍은 사진들을 게재하며 낭만이 깃든 시베리아 철도여행과 러시아문학에 관심이 있는 독자에게 많은 정보와 재미를 제공한다. 안중근 의사의 혼이 숨 쉬는 유럽풍의 항구도시 블라디보스토크, 시베리아의 파리 이르쿠츠크와 시베리아의 푸른 눈 바이칼 호수를 소개한다. 바이칼 호수 서쪽 일부 구간을 운행하는 환바이칼 관광열차는 호수 변의 아름다운 풍광을 즐기는 약 100km 구간을 잇는 살아있는 철도박물관이다. 시베리아 횡단 열차를 처음 탄 한국인은 1896년 고종의 특명전권공사로 러시아 황제 니콜라이 2세의 대관식에 참석하기 위해 모스크바에 간 충정공 민영환(1861~1905)이며, 상트페테르부르크에서 황제 알현 후 돌아올 때 시베리아에서 기차를 이용하였다 한다.

시대에 뒤떨어진 러시아를 구하겠다며 비밀결사대를 구성한 러시아 장교들이 1825년 12월 14일 혁명을 일으켰으나 실패로 돌아가고, 600여 명이 체포되어 주모자급 5명은 교수형에, 116명은 시베리아 유배형에 처해졌다. 시베리아에 유형된 데카브리스트* 중에 기혼자는 21명이었다. 이 가운데 11명의 부인이 데카브리스트 남편과 운명을 같이 하겠다고 유형지를 찾아갔고, 1856년 사면령이 내려질 때까지 30년간 살아남은 부인은 8명이었다. 트루베츠코이의 부인 예카테리나(1800~1854, 시베리아에 처음 도착) 등 3명은 이미 시베리아에 묻혔고, 나머지 8명 중에도 남편과 함께 살아 돌아온 부인은 발콘스키의 부인 마리야(1805~1863, '시베리아의 공주'로 불림)를 포함해 5명뿐이었으며 3명은 미망인이 되어 돌아왔다. 두 곳의 데카브리스트 기념관(이르쿠츠크의 트루베츠코이의 집과 발콘스키의 집)에 11명의 부인 초상화가 걸려 있다. 시베리아 유형수인 귀족 남편을 찾아와 평생을 남편과 주위에 헌신하고 시베리아의 전설이 된 이 여인들은 주민들로부터 칭송받았으며 대문호들에게 시베리아 유배와 사랑에 대한 영감을 주었다.

데카브리스트 혁명은 푸시킨, 도스토옙스키, 톨스토이 등 러시아 대문호들에게 큰 영향을 끼쳤고 프랑스 소설가 알렉상드르 뒤마에게도 영감을 주어 데카브리스트의 혁명 와중에 피어난 눈물겨운 사랑의 이야기를 소설로 펴냈다. 옴스크 유형지로 가던 도스토옙스키에게 성경책과 10루블짜리 지폐를 성경책 표지에 감추어 준 데카브리스트 부인 나탈리아 폰비지나(1803~1869)는 신앙심이 깊었다. 도스토옙스키는 이 성경책을 평생 간직하며 죽을 때에도 이 성경책을 품에 안고 작고하였다. 저자는 푸시킨과 데카브리스트, 30년 만에 귀환한 데카브리스트에 깊은 감명을 받아 시작된 톨스토이의 장편 대하소설 『전쟁과 평화』, 『안나 카레니나』, 『부활』을 언급하며 푸시킨과 톨스토이의 생애를 소개한다. 대문호 도스토옙스키의 끔찍한 시베리아 유형 생활과 체호프의 시베리아와 사할린 여행과 생애가 소개된다.

일제강점기인 1914년 춘원 이광수(1892~1950)는 22세 때에 바이칼 호수 인근의 도시 치타에서 2월부터 8월까지 반년간 머물며 방황한 적이 있다. 한국문학에서 바이칼 호수와 시베리아가 등장하는 소설은 『유정』(1933년 조선일보에 연재)이 처음이다. 『유정』은 바이칼에서 시작하여 바이칼에서 끝난다고 표현될 정도이다. 춘원은 톨스토이주의자가 되어 방랑길에 나섰는데 『유정』은 원래 시베리아 기행문으로 구상하였다 한다. 저자는 춘원의 일생과 영화 《유정》을 함께 소개하고 있다.

『시베리아 문학기행』은 저자가 직접 시베리아 횡단 열차 여행을 하며 러시아의 대문호 푸시킨, 도스토옙스키, 톨스토이, 체호프와 이광수의 문학적 뿌리를 찾아가는 매우 유용하고 재미있는 양서여서 일독을 권한다.

• 에세이스트, 2021. 7~8.

* 데카브리스트: 1825년 12월 14일 러시아 최초로 근대적 혁명을 꾀한 혁명가들로서 귀족 출신의 장교들이다. 12월에 일어난 혁명이어서 12월 혁명당원이라고도 한다. 러시아어로 12월을 "데카브리"라고 한데서 유래한 명칭이다.

『시베리아의 향수』를 읽고

최근 나는 춘원 이광수의 『유정』을 다시 읽어 보았다. 『유정』은 〈조선일보〉에 1933년 10월 1일부터 12월 31일까지 연재된 소설이다. 인간의 본성인 애정과 죽음의 문제를 다룬 소설이며 무대가 시베리아 바이칼 호수 부근이다. 일제강점기인 1914년 22세의 춘원은 바이칼 호수 인근의 도시 치타에서 반년 동안 머물며 방황한 적이 있다. 춘원은 톨스토이주의자가 되어 방랑길에 나섰는데 『유정』은 원래 시베리아 기행문으로 구상하였다 한다. 한국문학에서 바이칼 호수와 시베리아가 등장하는 소설은 『유정』이 처음이다. 김수용 감독의 영화 《유정》(원작 이광수, 출연 김진규, 남정임, 김동원, 1966년 1월 국도극장 상영)은 소설의 여주인공 이름을 땄으며, 여배우 남정임의 데뷔작이기도 하다.

『시베리아의 향수』(김진영 지음, 이숲, 444쪽, 2017)는 부제가 '근대 한국과 러시아문학, 1896~1946'으로서 러시아문학을 통해 한국의 근현대를 보는 게 이 책의 주 내용이다. 1896년 고종의 특명전권공사로 러시아 황제 니콜라이 2세의 대관식에 참석한 충정공 민영환은 상트페테르부르크에서 황제 알현 후 돌아올 때 시베리아에서 기차를 이용하였다 한다. 당시의 기록을 담은 『해천추범』이 조선의 첫 공식적인 러시아 관찰 기록이다. 그로부터 50년 뒤인 1946년 소련 모스크바를 방문한 소설가 이태준이 사회주의 공산혁명을 찬탄하는 「소련 기행」을 남겼다.

저자인 김진영 교수(연세대 노어노문학과)는, "러시아는 일제강점기 우리의 대안이자 유토피아였다. 20세기 러시아문학은 지식인과 문인을 비롯해 한국 사회와 문화에 지대한 영향을 미쳤다. 일제강점기 당시 러시아, 특히 시베리아는 방랑과 자유의 공간, 유토피아로 여겨졌다. 지금으로서는 상상할 수 없는 한국과 러시아의 관계가 당시에는 존재했다. 지금은 생경한 제3세계로 인식되는 러시아가 그때는 제1세계이자 그 어느 나라보다 가까운 곳, 현실에서 벗어날 수 있는 대안의 공간으로 여겨졌다"고 했다. 또한 "이광수를 비롯한 조선의 근대 지식인들은 톨스토이와 도스토엡스키 같은 러시아문학에 심취했고, 카추샤와 나타샤, 쏘냐 같은 러시아 여성 이름은 우리의 순이만큼 친숙한 이름이었고 시베리아는 향수의 대상이요 실제 이들의 방랑의 무대였다"고 하였다.

일제강점기 시절 일본을 통해 러시아문학을 습득하던 지식인들이 세계역사상 사회주의 공산혁명이 최초로 성공한 러시아(소련)를 얼마나 부러워하고 낙원으로 생각했을지 상상이 된다. 이 시기에 실제 국제 정세나 정보가 어두워 그 실상은 모른 채 단지 그 허울만 알던 지식인의 모습이 그려진다. 그들이 러시아 혁명의 실상과 내전, 처형과 숙청 및 시베리아 수용소 생활에 대해 잘 몰랐을 것이다. 또한 스탈린의 30여 년에 걸친 독재와 무자비한 반대파와 경쟁자의 숙청, 시베리아 거주 조선인의 갑작스러운 중앙아시아로의 강제 이주와 처참한 생활, 제2차 세계대전 중 동부전선 스탈린그라드에서의 러시아-독일의 참혹하고 무리한 전투 등에 대해 알았을 것 같지는 않다. 단지 사회주의 공산혁명으로 군주와 귀족을 몰아내고 국민 모두 평등한 사회가 되었다고, 또한 사유재산이 없고 토지가 공평하게 분배되는 이상적 사회가 되었다는 감언이설만 믿었을 것이다. 군국주의 일본을 미워하며 제정 러시아가 사회주의 연방 국가인 소련으로 바뀌었다고 흥분하고 현혹되었을 것이다. 저자는 러시아문학을 통해 근현대 우리의 모습을 보려고 했다. "러시아는 한반도에서 볼 때 가장 가까운 서양세계였고, 자유와 방랑의 대지, 일본의 지배를 받는 중국이나 만주와는 달리 비교적 안전한 지대와 같은 느낌을 주었을 것이다. 절망에 빠진 식민지 젊은이가 맨몸으로 방랑을 찾아 쉽게 떠날 수 있는 가까운 곳이 시베리아였을 것이다."

1920년대 식민지 조선에서 '러시아문학의 양대 산맥인 톨스토이냐 도스토옙스키냐'라는 이원론이 어떻게 전개되었고, 우리 근대문학에 어떤 영향을 미쳤는가를 설명한다. "식민지 조선은 주로 일본을 통해 러시아문학을 받아들였으나 톨스토이와 도스토옙스키의 수용에 있어 일본보다는 중국과 유사한 경향을 보였다"고 하였다. 한국과 중국에선 톨스토이의 경우 "부유한 자의 폭력을 미워하고 가난한 자의 고통에 울던 민중 작가로서의 면모가 강조되었다"고 했다. 저자는 "과거 지대했던 러시아문학의 영향력은 이제 많이 사라진 상태이다. 이는 단연 이념 갈등으로 인한 분단과 그 이후 미국과 서구 자본의 영향"이라고 지적했다. "현대 한국인에게 러시아는 심리적 거리감이 느껴지는 나라, 나와는 상관없는 나라로 여겨지고 있다. 일제강점기에는 당시 지식인들에게 러시아는 현실, 즉 탈 제국, 탈 식민을 벗어날 수 있는 유일한 공간이자 대안이고 향수의 대상이었다."

지난 1960년대와 1970년대 우리 사회의 빈곤했던 시절을 회고해 본다. 그 시기는 유학하면 미국이었다. 미국 유학은 매우 어렵기도 했으나 집안의 경사였다. 1960년대 중반 내가 고등학생 시절 큰집의 사촌 형님이 미국 유학으로 출국하는 날, 김포공항에서 장도를 축하하는 친인척 수십 명이 함께 기념사진 촬영을 한 기억이 있고 그 사진이 아직 내게 남아 있다. 1970년대까지 미국 유학 후 박사학위를 받으면 국내 주요 일간지 중단에 얼굴 사진과 함께 자랑스럽게 소개되곤 했다. 우리에게도 미국이 이민이든 유학이든 하나의 피안이던 때가 있어, 일제강점기 조선의 지식인과 문인들의 낭만적이고 맹목적인 러시아 시베리아의 향수를 이 책을 통해 어느 정도 이해할 수 있었다.

• 2021 에세이스트작가회의 연간집 『꽃 밟는 일을 걱정하다』,
2021. 10.

아이트마토프의
『자밀라』를 읽고

　'세계에서 가장 아름다운 사랑 이야기'라고 하는『자밀
라』(이양준 옮김, 미다스북스, 2003)를 읽었다. 중앙아시아의 스위스
라 일컫는 키르기스스탄 태생으로 러시아어로 이 작품을 쓴 친
기스 아이트마토프(Chingiz Aitmatov, 1928~2008)의 중편소설이다.
나는 그의 장편『하얀 배』(1970)와『백 년보다 긴 하루』(1980)를 읽
기 전까지는 그의 이름도 몰랐다. 중앙아시아에서 스탄(땅 또는 국
가라는 뜻)이라는 이름이 붙는 7개 국가 중 경제적으로 어려운 소
국에 이리 대단한 소설가가 있다고는 생각지 못했다.

　작가가 아홉 살 무렵 부친이 부르주아 민족주의자로 몰려 처형
당한(1938) 뒤 어려운 가정 형편으로 6년의 정규 교육밖에 받지
못했다. 제2차 세계대전 중 어린 나이에 지방 소비에트 서기와 세
무관이 되었으며, 전후에는 수의학을 공부했고 졸업(1953)한 뒤
로 실험농장에서 근무했다. 1952년에 문학 쪽으로 눈을 돌려 몇
편의 단편을 발표하며, 그 작품들에 힘입어 모스크바의 명문 고리
키문학대학을 졸업(1958)했다.『자밀라』는 그의 나이 30세(1958)

에 발표한 작품이다. 이 소설로 그는 작가로서 두각을 나타내기 시작했고 1959년부터 공산당 당원이 되었다. 출간 다음 해에 『자밀라』를 프랑스어로 번역하고 서문을 쓴 프랑스 시인 루이 아라공의 격찬('세계에서 가장 아름다운 사랑 이야기')을 받으면서 그의 존재가 전 세계에 알려졌다. 그는 소련의 최고 영예인 레닌상(1963)과 소비에트문학상(1983)을 수상하였다.

그는 1980년대 후반부터 고르바초프(1985~1991 집권)의 조언자로 활약하며 현실 정치에도 깊이 관여하였다. 소련 해체(1991) 이후 고르바초프의 페레스트로이카를 지지하였으며 조국인 키르기스공화국의 대사로 활동했다. 그는 국민의 정신적 지주이자 영웅 칭호(1998)를 받았다. 소련의 지배를 받던 시기에 친정부적이어서 일생 동안 잘 나가던 작가였고 반체제 작가들에겐 경원의 대상이었다. 2008년(80세) 폐렴으로 사망하자 대통령은 그의 장례식을 수도 비슈케크에서 거행하도록 지시하였다.《자밀라》는 1968년 영화화되었다.

이 소설의 화자는 그림 그리기를 좋아하는 15세 소년 세이트이다. 시기와 장소는 제2차 세계대전 3년째인 1943년이고 키르기스스탄의 한 농촌 마을이다. 화자의 작은 아버지집 며느리인 자밀라('아름다운'이라는 뜻)는 결혼한 지 넉 달 만에 남편(사촌 형 사득)이 전쟁에 나가 홀로 지내고 있다. 그녀는 화자보다 서너 살 위이며 화자를 도련님이라 칭하고 화자는 그녀를 형수라 불렀다.

자밀라는 단호하고 자신감 넘치며 자신의 의견을 밝히기 두려워하지 않는 거침없고 당당한 성격으로 활기가 넘치는 여인이다. 그녀는 결혼 전 산악마을에서 아버지와 둘이 살며 아들이자 딸 역할을 하며 자랐다. 화자는 집단농장에서 일하는 그녀를 보호했다. 화자는 '그녀의 아름다움과 독립적이고 거침없는 성격이 자랑스러웠다. 우리는 좋은 친구였고 서로에게 비밀이 없었다'라고 서술한다.

여기에 화자와 같은 마을 출신으로서 전장에 나가 다리 부상으로 귀환한 큰 키의 청년 다니야르가 집단농장에서 자밀라의 파트너로 함께 일한다. 그는 고아로서 구르는 돌과 같은 삶을 살아왔으며 생각에 잠긴 듯한 구슬픈 눈을 가졌다. 어릴 때부터 겪은 힘든 경험들과 자신의 감정과 생각을 속에만 담아두는 듯 세상 사람 같지 않은 특이한 사람이다.

마을의 집단농장 대형곡물창고에서 기차역까지는 스텝지역 25km를 가로지르는데 말이 끄는 수레로 매일 한 차례씩 왕복했다. 아침에 출발하면 오후에 역에 도착하고 다시 역을 출발 마을에 도착하면 밤이었다. 한번은 120kg 곡물이 들은 자루인 줄 모르고 다니야르에게 운반을 시킨다. 그가 다리를 절룩이고 휘청거리면서 그 무거운 자루를 묵묵히 운반하여 화자와 자밀라는 다니야르에게 미안해 했다. 8월의 밤 수레를 몰며 돌아오며 서로 침묵하다가 자밀라가 다니야르에게 노래를 시킨다. 그의 노래는 인간 영혼에서 우러나온 감명과 풍부한 열정이 넘쳤고, 그의 사랑은 거대하여 삶과 대지에 대해 말로는 표현할 수 없는 아름다움과 열망의 위대한 세계를 열어주었다. 그는 마치 대지의 아들인 듯했다.

그 이후 자밀라의 눈길은 안개 낀 봄날처럼 따뜻하고 아련하고 부드러워졌고, 다니야르는 자밀라의 아름다움에 행복을 느끼는 동시에 슬픔을 느꼈다. 화자의 첫 그림 ─ 8월의 밤에 다니야르의 어깨에 기댄 자밀라 ─ 을 자밀라는 기념으로 보관하겠다며 달라고 했다. 전장에서 자밀라의 남편과 함께 지낸 고향 사람이 한 달 후 남편이 귀환할 것이라는 말을 전한다. 화자는 탈곡장에서 자밀라와 다니야르가 서로 사랑을 고백함을 들었고, 두 사람이 철로 방향으로 떠나는 모습을 보았다. 화자는 자밀라에 대한 그의 첫사랑을 떠나보냄을 깨달았으며, 그의 유년 시절도 함께 떠나보냈음을 알았다. 마을 사람들은 모두 배신이라고 그들을 욕했지만, 자밀라를 비난하지 않는 유일한 사람은 화자였다. '어쨌든 난 진실을, 삶의 진실을, 이 두 사람의 진실을 배신하지는 않았어.' 화자는 2년 만에 다시 학교로 돌아가서 예술학교를 졸업하고, 예술원에 입학하고 졸업하였다. 그는 졸업 작품으로 오랜 세월 꿈꿔온 다니야르와 자밀라 그림 ─ 스텝을 가로질러 걷는 그들 앞에 넓은 원경이 밝게 펼쳐진 ─ 을 졸업 작품으로 제출했다.

저자는 '자밀라는 누구도 두 번 경험할 수 없는 첫사랑 같은 존재다'라고 밝히고 있다. 그의 작품들은 중앙아시아의 전통사회를 배경으로 그곳에서 벌어지는 선악의 갈등을 주로 다루고 있다. 그는 전통사회에 대한 깊은 존경심은 버리지 않았는데, 과학 기술이 자연과 인간에 대한 착취를 심화시키며 결국은 대중을 타락시킨다고 생각하기 때문이라 한다.

이 소설에서는 화자의 형수에 대한 첫사랑의 감정과 자밀라의 전통과 편견에 맞선 사랑을 옹호하는 모습으로 보인다. 우리의 기준으로는 전쟁터에 나간 남편을 기다리지 않고 다른 남자와 집을 떠나가는 행위는 도덕적으로 용인하지 못할 것이다. 이 소설을 인습에 항거하여 '진정한 사랑을 찾아 떠나는 아름다운 사랑 이야기'라고 할 수 있을까. 더욱이 이슬람 사회에서 외간 남자를 따라 나서는 젊은 유부녀를 용인할 수 있을까.

'사랑은 참으로 묘한 존재다. 이 세상에서 가장 많은 관심과 찬양을 받는 대상이면서 때로는 가장 심하게 왜곡되고 무시되는 존재가 바로 사랑이고 너도나도 잘 아는 것처럼 떠들어대지만 참으로 파악하기 어려운 것이 바로 사랑이다.'라고 역자는 사랑을 소개한다. '사랑은 인간에게 인간을 넘어설 수 있는 에너지를 심어주기도 하고 첫사랑의 경험을 맑게 응결시켜 놓기도 한다. 또는 사랑은 천국과 지옥의 경계에 놓여 있기도 한다.'

문장 중에 기억에 남는 멋진 몇 구절을 소개한다. 화자가 다니야르에게 전쟁에 대해 얘기해 달라 하자

'전쟁에 대해서는 모르는 게 더 나아.'

전쟁에 대해서는 함부로 얘기해서는 안 된다는 것을, 머리맡에서 들려주듯 해서는 안됨을 깨달을 수 있었다. 인간의 마음 깊숙한 곳의 피를 응고시키는 전쟁에 대해 얘기하는 것은 쉽지 않은 일이었다.

'세상 이치였다. 자신의 가치를 보여주지 않는 사람은 점차 잊혀지고 마는 법이었다.'

'그곳, 강 위, 카자흐 스텝의 맨 가장자리에서 음울한 석양이 활활 타오르는 아궁이처럼 이글거리고 있었다.'

아라공이 『자밀라』를 처음 프랑스어로 번역하여 출간할 때 '세계에서 가장 아름다운 사랑 이야기'라고 한 격찬은 너무 과한 것 같다는 생각이 들었다. 이 소설은 사랑이 테마로서 '사춘기 소년의 첫사랑, 전쟁 중 꽃핀 사랑, 대지에 대한 사랑, 노래에 대한 사랑, 전통과 편견에 맞선 사랑 이야기'를 보여주고 있다.

번역이 잘된 아름답고 여운이 남는 사랑 이야기여서 일독을 권한다.

• 에세이스트, 2022. 1~2.

안하는 편을 택하겠습니다

　　나는 육 년 전 정월부터 매주 2시간 〈러시아문학반〉 수업에 참석했다. 러시아 소설 단편이나 중편 또는 장편을 매주 한 권씩 읽으며 한 시간은 담당 강사의 강의, 나머지 한 시간은 독후감을 간단히 토론하는 수업이었다. 일주일에 단편 소설 한 편 읽기는 쉬웠으나, 중 장편 소설 한 권을 읽기는 만만치 않았다. 수업 시작 후 이년 뒤부터는 수강생 부족으로 한 달에 일 회 두 시간 수업으로 변경하여서 금년 중반기까지는 적어도 한 달에 러시아 소설 한 편씩은 읽은 셈이었다. 금년 7월에 들어 러시아문학반은 강사의 급환으로 중단되었고, 한 달에 국내외 명작 한 편을 읽는 〈명작읽기반〉으로 명칭이 바뀌었다. 나는 한 달에 적어도 명작 한 편을 읽을 수 있다는 행운에 감사했다.

　　첫 달 읽기 교재가 『필경사 바틀비』(허먼 멜빌 지음, 공진호 옮김, 문학동네, 2011, 107쪽)였다. 이 소설은 『베니토 세레노』, 『수병, 빌리 버드』와 함께 허먼 멜빌(1819~1891)의 법률 3부작이라고 알려져 있다. 멜빌은 '인간 심리에 대한 깊은 탐구와 풍부한 상징 및 섬세한 묘사'로 미국 문학의 거장으로 평가받는 작가이다. 뉴욕의 유복한 집안에서 태어났으나 아버지가 돌아가신 후 집안 형편이 기울자 학업을 중단하고 은행, 상점, 농장 등을 전전하며 닥치는 대로 일하며 생계를 이었다. 그는 20세에 상선의 선원으로 영국까지 항해한 이후 포경선과 군함을 타며 바다를 누볐는데, 이때의 경험이 후에 영문학사의 걸작인 『모비 딕(백경)』(1851) 등 바다를 배경으로 한 작품의 밑거름이 되었다.

『필경사 바틀비』는 1853년에 발표된 단편이다. 이 작품은 오랫동안 그 진가가 묻혀있었지만 20세기 초 멜빌 문학에 대한 재평가 이후 '바틀비'에 대한 다양한 연구와 해석이 전개되었다. 지금은 미국 문학, 나아가 세계문학에서 가장 뛰어난 단편 가운데 하나로 평가된다. 이 작품은 전 세계 중단편 가운데 단연 수작이며 살아 있는 고전이다.

미국 경제의 중심지로 떠오르던 뉴욕 월가(Wall street)를 배경으로 타협적인 화자 변호사와 비타협적인 특이한 고집쟁이 필경사인 바틀비를 대비한 작품이다. 창밖을 내다보아도 온통 벽뿐인(거리 이름 자체가 Wall이고 작품의 부제가 〈월 스트리트 이야기〉임) 초기자본주의 사회에서 미국 최고 갑부에게 의뢰받는 자부심 강한 30여 년 경력의 성공한 변호사가 화자이다. 나이는 60세 정도이다. 이 변호사 사무실에 고용된 말이 없고 음울한 분위기의 필경사 바틀비가 주인공이다. 그의 첫인상은 창백하리만치 말쑥하고 가련하리만치 점잖고 구제 불능의 쓸쓸한 모습이다. 변호사는 그렇게 두드러지게 조용한 풍모를 가진 사람이 채용된 필경사여서 기뻐했다. 바틀비는 처음에는 놀라운 분량을 필사하며 묵묵히 창백하게 기계적으로 일했다. 그가 어떤 사람인지 어떤 삶을 살았는지 등 그에 대한 정보는 없다. 그와 함께 일한 지 사흘째 되는 날 변호사가 적은 양의 문서 검증을 함께 하자며 그를 부르자, 그는 자리에서 나오지도 않고 매우 상냥하면서도 단호한 목소리로 "안하는 편을 택하겠습니다"라고 거듭 세 번이나 대답하여 변호사는 매우 놀라고 당황했다. 며칠 뒤 긴 문서 네 부의 검증에서도 그는 "안하는 편을 택하겠습니다"라고 거부했고 다음 서류에 대한 검증 요청에도 같은 말로 거부했다. 변호사는 그의 안정성과 어떤 유흥도 즐기지 않는 점, 부단한 근면과 놀라운 침묵, 또한 어떤 경우에도 변함없는 몸가짐과 아침에 제일 먼저 와 있고 온종일 꾸준히 자리를 지키며 밤에도 제일 마지막까지 남아 있는 그의 근면성, 성실성, 정직성과 온순함에 대한 신뢰가 있었다. 그는 일요일에도 사무실에 기거하며 비참할 정도로 친구가 없고 외로우며 빈곤했으나 품행이 매우 단정한 사람이었다. 그는 대답 이외엔 절대로 말하지 않고 책도 읽지 않으며 매점이나 음식점에도 가지 않고 커피조차 마시지 않았다.

변호사의 최초 감정은 순전한 우울과 진심 어린 동정심이었으나 차차 우울은 두려움으로 동정심은 혐오감으로 녹아들었다.

'비참함에 대한 생각이나 비참한 광경은 어느 선까지는 우리에게 선한 감정을 불러일으키지만, 몇몇 특별한 경우 그 선을 넘어서면 그렇지 않다는 것은 너무나 자명한 동시에 끔찍한 진실이다.'

'감수성이 예민한 사람에게 동정심은 때로 고통이다. 그리고 마침내 그런 동정심이 효과적인 구제로 이어지지 못한다는 것을 깨달으면, 상식은 영혼에게 동정심을 떨치라고 말한다.'
"인색하고 편협한 생각을 가진 사람들이 끊임없이 긁어대면 그들보다 관대한 사람들이 품은 최선의 결의마저 결국은 지치게 마련이다."

변호사가 바틀비의 출생지 등 무엇이나 말하라 하자 그는 다시 "안하는 편을 택하겠습니다"라고 말했다. 드디어 변호사는 그의 태도에 짜증이 났고 그의 비뚤어진 고집에 배은망덕하다고 느꼈다. 그는 서류 검증도, 편지 몇 통을 우편으로 급히 부칠 심부름도 거부했다. 그가 더 이상 필사하지 않겠다고 하여 필사료를 충분히 주며 사무실을 떠나라 해도 거부하자 변호사는 이 악령을 영원히 제거하기로 했다. 변호사는 새 사무실을 얻어 이사했다. 그후 주인공은 일도 하지 않으며 근무했던 사무실을 떠나지도 않고 기거하다 마침내는 건물주와 새 세입자의 고소로 구치소에 갇히지만 식음마저 거부하고 벽을 마주한 채 죽음을 맞는다.

자본주의 사회에서는 고용인 상관의 말에 공손히 순종하며 시킨 일을 열심히 해야 함에도 "안하는 편을 택하겠습니다"(본문에서 이 문구는 25회나 반복됨)라는 바틀비의 어처구니없는 독특하고 불손한 답변의 반복을 통해 이 작품의 문학성과 사회성 및 철학적인 면을 폭 넓게 담아내고 있다. 주인공의 기이한 행동은 자본주의 사회에서 매우 부적격하며 관례와 상식에서 벗어나 있지만,

평론가는 '이 사회에서 소외된 인간과 노동, 근대의 합리성, 작가의 창조적 자유와 권리 등의 문제로 무한히 확장될 수 있다. 자본과 노동, 율법과 사랑, 기독교적 관심, 분노와 연민, 헌신과 사라짐 등의 동심원적이고 다원적인 해석으로 추론의 범위를 넓힐 수 있다. 예를 들면, 주인공 바틀비는 자기 목소리가 크고 단호한 고집으로 죽음도 불사하는데 마치 십자가에 처형된 예수처럼, 또는 평생 문단에서 인정받지 못하고 불행한 일생을 보낸 작가 멜빌 자신일 수도 있다'고 설명한다.

인생은 우연과 필연으로 사람과의 연속적 만남이다. 좋은 작품은 기억에 떨리게 남아 있곤 하여 잊히지 않는다. 『필경사 바틀비』는 '일상적이고 보편적인 아이러니인 허무와 현대인의 실존적 고독을 보여주는 슬프고도 강인한 흡인력을 지닌 걸작 단편'이어서 일독을 권한다.

• 2022 에세이스트작가회의 연간집, 2022. 10.

존경하는 소세키 선생

     소설가 나쓰메 소세키(1867~1916)는 일본 근대문학의 국민 작가이다. 자국의 지폐 천 엔의 장식 인물일 정도로 유명하며 지금도 여전히 인기가 있는 작가이다. 도쿄대학에서 연구 생활을 시작하기 전까지 나는 소세키가 누구인지 몰랐다. 이미 40년도 지난 일이다. 당시는 국내에 일본 문학이 별로 알려지지 않았고 내겐 관심이 없었다. 대학 중심에 있는 연못 '산시로(三四郎)' 주위를 산책하며 이 작가를 알게 되었다.『산시로』는 소세키의 장편소설 제목이며 남자 주인공 이름이다. 이 작품은 도쿄대학 재학생인 산시로를 그린 청춘 소설이다.

    소세키는 도쿄대학 영문과를 졸업 후 동경고등사범학교의 영어 교사로 재직했다. 메이지 유신이라는 일본 최대의 여명기 시기인 1900년(33세) 문부성의 지원으로 이 년간 영국 유학을 다녀오고, 1903년(36세) 도쿄대학 영문과 강사를 겸임하며 〈영문학 형식론〉을 강의했다. 1907년(40세) 〈아사히 신문〉 사의 요청으로 교직을 사직 후 언론인 생활을 시작했다. 그는 1905년 38세라는 비교적 늦은 나이에 처녀작이자 출세작인『나는 고양이로소이다』
를 시작으로 그의 문학 활동 기간은 십 년 정도이다. 그의 49년 생
애 동안 작품 세계를 절정에 올려놓은 대표 3부작『산시로』,『그
이후』,『문(門)』이외『도련님』,『피안에 이르기까지』,『행인』,『마
음』,『명암』등이 있다.

『나의 소세키와 류노스케』(송태욱 옮김, 327쪽, 뮤진트리, 2021)의
저자인 우치다 햣켄(1889~1971)은 도쿄대학 독문학과 출신이다.
그는 중학교 4학년이던 1905년 1월 문예지에 게재된 소세키의
대표작『나는 고양이로소이다』의 제1회분을 보고 곧바로 소세키
의 숭배자가 되었다 한다. 그는 비슷한 연배이던 류노스케와 함
께 존경하는 소세키 선생 문하에 들어간 소설가이자 수필가이다.

아쿠타가와 류노스케(1892~1927)는 도쿄대학 영문과 출신이
다. 그는 십 년 남짓 작가 생활 동안『코』(1916) 등 140여 편의 단
편을 남긴 대가이다. 자기 삶을 무자비하게 조롱하며 야유하다 결
국 죽음에 이르는 소설을 다수 집필한 작가이다. 병약 체질에 신
경 쇠약으로 수면제 과다 복용으로 35세에 집에서 자살했다. 일
본에서는 1935년에 그를 기념하여 일본 최고의 문학상인 '아쿠
타가와상'을 제정했다.

두 사람 모두 나이로 보아 도쿄대학에서 소세키 선생에게 직접
강의를 들은 제자는 아니다. 이 책은 저자가 소세키 선생과 류노
스케 동료와의 인연을 정리한 산문이다. 총 36편의 작품이 들어
있으나 대부분 소세키 선생과의 관련 내용이며, 류노스케와의 관
련 산문은 류노스케 전집(1934년 판) 추천사를 포함하여 함께 육군

사관학교의 교관을 하던 시기의 추억 등 일곱 편 정도이다.

저자의 저작집은 『핫키엔 수필』(1933)부터 마흔 권 정도라 하며, 한 권에 약 사십 편의 글이 게재되어 있다면 천 편 이상의 작품이다. 그중에서 소세키 선생과 류노스케와의 관련 글을 모은 것이 이 책이다. 저자는 『나쓰메 소세키 전집』(1917)의 교열에 참여하였고, 『나쓰메 소세키 작품집』의 추천사로서 〈일본인의 교과서〉라는 작품을 게재하기도 했다. 소세키 전집(이와나미쇼텐岩波書店 발행, 1917~19년에 걸쳐 전 14권을 간행. 소세키 전집의 기초가 됨) 초판(1917)의 교정을 맡아 했다. 저자가 1908년 도쿄대학에 입학 후 소세키 산방에 처음 들어섰다면 선생의 작고(1916)까지 약 팔 년을 모신 셈이다. 소세키 선생의 문하에서 직접 사사한 선생을 가장 잘 아는 작가임을 알 수 있다.

"나쓰메 소세키는 일본인의 선생이고 그의 작품은 일본인의 교과서다. 어린 사람들이 성장하여 책을 읽게 되면 반드시 나쓰메 소세키를 읽고, 소세키의 작품은 젊은 사람들에게 읽히기 위해 해마다 새로이 젊어진다. 나쓰메 소세키 작품집은 고전이 아니다. 오늘의 작품이다."

소세키 선생 댁(산방)의 면회는 매주 목요일인데 면회가 까다로워지면서 목요일이어도 처음 오는 사람은 만나지 않고 소개장이 없으면 만나지 않았다 한다. 신년 인사회 등 선생 자택에서 차 한 잔 대접이라도 댁에서는 얼마나 힘들었을까 하는 생각이 든다. 나는 지난 교수 생활 동안 새해 설날에 세배 오는 제자들에게 다과와 식사 한 끼라도 집에서 대접하려면 아내는 적어도 일주일 전부터 음식 준비를 하여야 했다. 이런 행사는 내가 환갑이 될 때까지 거의 30여 년 계속되었는데 결국은 나이도 들고 준비가 너무 힘들어 연구실 신년회를 외부의 식당에서 계속해 오고 있다.

저자는 소세키 선생과의 여러 기억을 재생하며 선생을 무척 숭배하고 있다. 내가 보기에 선생은 성격이 까다롭고 만만치 않아 보인다. 스모(일본 씨름)를 좋아하나 술은 하지 않는다. 저자가 몹시 가난하여 선생이 쓴 글씨 족자를 남에게 팔았다가 다시 회수해 오고 그러나 가난은 집요해서 다시 팔았고 결국은 선생의 유묵을 열망하는 사람의 집으로 넘어간 이야기도 있다. 〈선생님 임종기〉(1916년 12월 9일 작고)에서 장례식장 밖으로 나가 식장 입구의 기둥에 기대어 입을 크게 벌리고 엉엉 울었는데 그후 이십여 년간 다시는 그런 일이 없었다는 작가의 고백은 감동적이었다. 작가는 평소에는 다변이지만 선생 앞에서는 늘 거북한 마음이었다는 점, 선생이 건강하실 때 설날이 되면 소세키 선방에 가서 선생을 뵙고 와야만 새해의 실감이 났다는 점 등은 선생에 대한 어려움과 존경심을 잘 보여 주고 있다.

나는 저자의 소세키 선생에 대한 무한한 존경심과 솔직한 고백이 깊은 감동으로 남아있다. 선생은 제자에게 적어도 앞뒤가 다른 행동을 보여 주지 않은 듯하다. 나는 교수 생활 동안 '내가 학과의 원로 교수가 되면 저러지 말아야지'하는 반면교사의 경우를 적지 않게 경험했기 때문이다. 그는 작품 대부분을 신문 연재소설로 일관했다. 아사히(朝日) 신문사의 전속 필자로 입사한 그는 전속 계약에 충실하게 작품을 이 지면에 발표했다. 초기에 그가 내세운 주제는 독자의 인기와 호기심을 충족시킬 수 있는 애정의 모럴이었다. 그런 주제를 추구하면서도 통속에 빠지지 않고 풍부한 교양을 토대로 날카로운 문명 비평, 사회 비평을 담아 독자의 인기를 끌었다 한다. 국내에 그의 작품 대부분이 번역 출간되어 있다. 나도 선생 소설의 애독자이다. 국내에 번역서로 발간된『가뿐하게 읽는 나쓰메 소세키』(2016)와『나쓰메 소세키 평전』(2018)과 함께 일독을 권한다.

• 〈리더스에세이〉 가을호, 2022.

3.

여행 산문

내가 짝사랑한
두브로브니크

크로아티아 두브로브니크(Dubrovnik)와의 인연은 『두브로브니크는 그날도 눈부셨다』(권삼윤, 1999)를 통해서였다. 권 작가는 문명비평가로서 1996년 5월 처음으로 두브로브니크를 방문했다 한다. 그는 이 책에서 약 5쪽에 걸쳐 두브로브니크 소개를 하고 있다. 1990년대 후기만 하더라도 크로아티아는 내게 낯익은 나라가 아니었다. 크로아티아는 1991년 보스니아 내전으로 알려진 나라이다. 이 낯선 아드리아해 연안 도시가 내게는 오래도록 짝사랑으로 남아 있었다. 이 도시 이름을 책을 통해 알고 난 후 20여 년 만에 처음 방문했다.

크로아티아에서 아드리아해 해안선은 1,780km나 되고, 두브로브니크는 최남단 항구이며 가장 인기 있는 관광도시이다. 수도 자그레브에서 플리트비체, 라스토케를 거쳐 아드리아 해안을 따라 이스트라반도, 자다르, 스프리트 등 여러 유명 지역을 관광하더라도 두브로브니크는 가장 마지막에 방문하라고 권한다. 두브로브니크는 크로아티아 관광의 하이라이트여서 이곳을 먼저 보

스르지 언덕(해발 415m) 전망대에서 보이는 성곽과 구시가지.

게 되면 다른 곳들이 별로 감흥을 주지 못하기 때문이다.

두브로브니크는 중세 7세기에 도시가 만들어져 아드리아해에
서 이탈리아의 베네치아와 유일하게 경쟁하던 해상무역 도시국
가였다. 구시가지 모습은 13~14세기에 건설되었다. 제1차 세계
대전이 종식되면서 오스트리아-헝가리 제국으로부터 독립한 크
로아티아는 유고슬라비아 왕국의 일부가 되었고, 제2차 세계 대
전 이후에는 유고슬라비아 사회주의 연방공화국의 일원이 되었
다. 두브로브니크 도시 전체가 1979년 세계문화유산으로 지정되
면서 특히 서유럽의 많은 관심을 받았다. 소련 붕괴(1991) 후 크
로아티아는 유고연방을 탈퇴, 독립을 선언하며 주권 국가가 되
었으나 크로아티아 내 세르비아인들과의 내전(보스니아 전쟁)으로
많은 인명 피해와 도시 건물의 절반 이상이 파괴되는 아픈 역사
를 지니고 있다. 유네스코와 여러 국제 사회의 지원으로 2005년

거의 완전히 복구되었고, 이제는 세계 최고로 인기 있는 관광지가 되어 있다.

두브로브니크는 '아드리아해의 진주', '죽기 전에 꼭 가봐야 하는 여행지', '만약 지상의 낙원을 보고 싶다면 두브로브니크로 오라'라고 할 정도로 유명한 관광지이다. 코발트색의 아름답고 따뜻한 해변은 특히 서유럽 부호에게 인기라고 한다. 국내에서의 크로아티아 관광 붐은 지난 10년도 아니 되었다. 크로아티아는 아드리아 해안선을 따라서 무려 1,240여 개의 섬이 있어 바다 같지 않고 마치 강이나 호수를 따라가는 듯한 곳이 많다. 해안도로는 왕복 2차선이며 곳곳에 아름다운 해안 마을이 펼쳐진다. 두브로브니크에 들어서면 먼저 옛 도시를 전망할 스르지 언덕(해발 415m)으로 오른다. 원래는 케이블카를 타는 게 운치가 있으나 관광 계절이어서 오래 기다려야 한다 해서 봉고 버스에 올라 언덕 전망대로 오른다. 탁 트인 전망이 일품이어서 바다와 주황색 지붕의 중세 구시가지와 성벽과 국립공원 로크룸 섬이 한눈에 들어온다. 전망대 뒤편에 내전에 사용하던 요새가 독립전쟁박물관으로 개방하고 있다. 여기에 오기까지 얼마 만인가 하며 사진에서 자주 보던 구시가지와 성벽을 십여 분 내려다보며 내 눈 깊이 담는다.

성벽은 8~16세기에 걸쳐 축조되었고 두께가 1.5~3m, 높이가 25m이다. 성벽 산책 길은 약 2km 정도이며 걷기에 그리 힘들지 않고 주변을 구경하며 천천히 걸으면 두 시간 정도 걸린다. 성벽 길의 절반 이상이 코발트 빛깔의 아름다운 바다를 면하고 있어 옛 항구와 로크룸 섬을 구경한다. 성벽이 구시가지를 완벽하게 감싸고 있어 주황색의 기와지붕 거주 주택들과 역사 유적 건물을 눈에 넣기에 벅찰 정도로 즐길 수 있다. 어떻게 이리 통일된 색으로 지어져 있을까 감탄한다. 구시가지 전체가 세계문화유산으로 지정되어 있고, 로마네스크, 고딕, 르네상스 양식의 성당, 수도원, 궁전 등 역사적 유적들을 즐길 수 있다. 성벽 길을 따라 걷는데, 절친의 말이 기억난다. 이 친구는 독실한 불교 신자인데 수년 전 지인들과 지중해 연안 크루즈여행을 다녀와서는 '어디를 가도 교회와 성당과 수도원이어서 지루하고 불편했다' 했다. 유럽은 어딜 가나 기독교 문명임을 몰랐던 모양이다.

신시가지 서쪽의 성벽 문인 필레(Pile) 문을 들어서면 플라차(스트라둔) 대로를 따라 중세 도시로 들어왔음을 실감한다. 필레 문 옆의 오노프리오 분수(15세기 초 건설 당시의 식수 시설이며 현재도 식수 제공)에서 동쪽 끝의 루자 광장까지 약 300m인 구시가 메인 도

성벽 길 걷기와 성벽에서 보이는 주황색 기와 지붕 가옥들. 뒤로 국립공원 로크룸 섬이 보임.

로는 번화가이며 대리석이 깔린 보행자 거리이다. 기념품 및 노천카페들이 늘어서 있고, 좁은 골목길과 회랑 수도원, 종교박물관 등이 있다. 수도원 안에 유럽에서 세 번째로 오래된 근대 약국(말라 브라체)이 있다. 14세기 초(1317년)부터 수도사들이 주민들을 위한 의료 서비스를 일반인에게 개방한 이래 지금도 운영되고 있다. 이 약국에서 판매하는 화장품 〈장미 크림〉이 선물용으로 유명하다 한다. 거리의 동쪽 끝 루자 광장은 옛 항구로 연결되며, 광장 남쪽으로 대성당, 렉터 궁전, 성 블라이셰 성당이 보인다. 광장에는 종탑, 롤랑의 기둥, 스폰자 궁이 있다. 블라이셰 신부는 10세기부터 추앙받는 이 도시의 수호성인으로서 이 구시가지 곳곳에서 그의 석상을 볼 수 있다.

구시가지 성벽 동쪽 옛 항구 앞의 해상국립공원인 로크룸(Lokrum) 섬을 돌아오는 한 시간 정도의 유람선 여행을 했다. 섬의 뒤쪽으로 돌아오면서 해변의 바위 주변에 보이는 나체족이 관심거리이다. 관광객들은 사진을 찍고 큰소리로 놀라움을 표시한다. 나는 오래전부터 나체촌을 수차 보기도 했고, 사람은 가릴 곳은 가려야 더욱 매력이 있다는 생각이기 때문에 별 관심이 없다. 이번 여행에서 바닷물 색깔이 연두색, 에메랄드 녹색, 파란 하늘색, 청색, 진한 청색 등 다양함을 새삼스레 느꼈다.

두브로브니크는 동유럽 발칸에 위치하면서도 세계적으로 유명한 관광지가 되어 가장 비싸고 관광객이 많다. 유럽연합(EU)에 가입한 국가이면서도 내가 방문했을 때는 기념품점에서 유로를 받지 않고 자국 화폐인 쿠나(Kuna)로 환전해 오라고 하였다. 너

위) 성곽 동쪽에 두브로브니크의 옛 항구.
아래) 플라차(스트라둔) 중심 거리. 동서 방향으로 약 300m 길이임.

무 빠르게 자본주의화된 모습이었다. 다행히 영어로 소통이 되고 영어 관광 안내 책자가 있어 편했다. 1990년대 초중반 동유럽 지역을 방문하였을 때 영어 책자나 소개서가 없어 불편하던 기억이 난다.

　수년 전 크로아티아를 일주일간 방문하며 체류 기간이 너무 짧았다는 아쉬움에 이곳에 다시 와야지 했는데, 느닷없이 코로나 팬데믹으로 거의 2년간 해외여행을 하지 못했다. 나는 "다음에 다시 와야지" 하며 여러 여행지의 아쉬움을 달래곤 했으나 잘 이루어지지 않곤 했다. 아드리아 해안 주변의 높고 파란 하늘과 강렬한 햇빛, 푸른 바다를 만끽하며 또 한 번 연안 길을 따라 남쪽 끝까지 여행하고 싶다.

"이렇게 공기 좋고 아름다운 곳에서 한 달 정도 머문다면 수명이 연장되지 않을까"라는 자신감과 희망도 생기니 이것이 여행의 보람이 아닐까. 내 경험으로는 지중해 연안 지역은 겨울에도 날씨가 좋고 기온도 적당하여 번잡한 여름 여행보다는 겨울 여행을 권한다.

• 〈서울공대〉 겨울호, 2021. 12.

로바니에미의
산타마을 추억

로바니에미(Rovaniemi)는 핀란드 북부 라플란드(Lapland) 주의 주도로서 북위 66도 30분에 위치한다. 헬싱키에서 북쪽으로 900km 떨어져 있고 북극권(북위 66도 32분 35초) 바로 아래 도시이다. 나는 십여 년 전 여름 (응용지구화학) 국제학술회의 참석차 이 도시를 방문한 적이 있다. 이 도시는 산타클로스 마을로 유명하며, 북극권 오로라 관광지로도 잘 알려져 있다.

산타 마을은 시내에서 북동쪽으로 약 8km 떨어져 있으며 북극권이 시작되는 곳이다. 이 마을에는 산타 사무실, 도서관, 우체국과 공원이 있다. 내가 알기로는 산타클로스라는 이름은 원래 소아시아에서 어린 이들의 수호성인인 성 니콜라스의 별칭이다. 자선을 베푸는 사람의 상징으로 알고 있는데

로바니에미의 산타클로스.

산타마을 정경

이곳에 산타마을이 있어 의외였다.

학술회의에 참석한 한국인은 우리 팀뿐이었다. 우리 팀은 나와 대학원생 세 명을 포함하여 모두 네 명이었다. 우리 팀은 식물지 구화학탐사 분과에서 두 편의 논문을 발표하였다. 이 분야의 세계적 권위자인 캐나다인 D 박사와의 토론과 기념촬영은 매우 고무적이고 자랑스러운 기억으로 남아있다.

핀란드 방문은 두 번째였다. 첫 번째는 1997년 8월 중순 옛 수도인 투르크(Turku)에서 국제심포지엄이 열려 참석한 적이 있다. 투르크는 헬싱키에서 서쪽으로 약 2시간 거리에 위치하며 이 나라에서 가장 오래된 13세기 고도이다. 투르쿠와 헬싱키에서 인상적인 기억이 있다. 투르쿠 성에서 심포지엄 연회가 개최되었는데 주최 측이 바이킹식으로 음식을 접대하던 모습이다. 헬싱키에서는 주핀란드 한국대사님의 초청으로 발트해 피요르드 해안가의 관사에서 한정식 점심을 대접받던 추억이다.

로바니에미의 산타클로스 마을은 세계 공식적인 주소여서 편

산타마을 우체국(붉은 간판). 우편물을 크리스마스 시즌에 맞추어 도착하게 하려면 빨간 우체통을, 편지 작성 날짜를 기준으로 도착하게 하려면 왼쪽의 노란 우체통을 이용함.

지 겉봉에 수신인을 산타클로스로 명기만 하면 우표 없이도 자동으로 이 마을 우체국으로 우송된다. 크리스마스 시즌에는 전 세계의 어린이들이 보내는 수많은 우편물을 받고 여러 언어로 답신해야 해서 외국인이 여러 명 근무한다고 했다. 전 세계의 이백여 국가에서 크리스마스 시즌에는 약 육십이만 통(2010)의 편지가 도착한다 했다(하루 평균 약 삼만이천 통). 가장 많이 보내는 6개 국가는 미국, 이탈리아, 루마니아, 폴란드, 핀란드, 일본 순이라고 했다. 한국에서 오는 우편물도 많아서 한국인을 한 명 우체국 임시직원으로 채용한다 했다. 이 우체국에서 기념으로 엽서 한 장을 사서 집으로 발송하는 멋을 부리기도 하였는데, 해외에서의 엽서 발송은 거의 삼십 년만이었다.

방문 기간 중 악티쿰 박물관을 찾아 북극 오로라의 장관을 누

오우나스(Ounas)강에서의 훼리보트 크루즈.

강가의 자작나무 숲 사이 산책길과 사우나 오두막집.

한적한 로바니에미 시내.

위서 구경하기도 했다. 오우나스(Ounas)강에서 출발 케미(Kemi) 강과 합류하는 지점까지 갔다 오는 훼리보트로 두 시간 크루즈를 했다. 호숫가의 흰 자작나무 숲 사이로 난 오솔길을 따라 산책하며 사우나 오두막집을 지나기도 하였다. 계절적으로 여름임에도 인적이 드물고 오히려 외롭고 쓸쓸한 기분이 들 정도였다. 워낙 인구가 적은 나라에서 북극권 도시를 여름 계절에 방문하였기 때문이다. 방문 기간이 8월 하순임에도 극지방에 가까워 선선하고 더운 줄 몰랐다. 크리스마스를 전후한 12월에는 산타마을 방문으로 인해 순례객과 관광객들로 북새통을 이룬다 했다. 매년 일백만 명 이상의 관광객이 방문한다 했다. 빨간 모자와 빨간 옷을 걸친 흰 수염 얼굴의 인자한 산타클로스 할아버지와의 기념사진 촬영이 가장 인기이다. 여름 계절에도 산타할아버지와 기념촬영을 할 수 있었다. 유료로 기념사진을 구매해야 하는 상술이 거북하지 않았다.

　로바니에미는 대부분 걸어 다닐 수 있을 정도로 작은 도시이다. 너무도 조용하고 깨끗하여 오히려 쓸쓸함이 감도는 거리 풍경이 기억에 남는다. 핀란드에 유학 와서 현지인과 결혼하고 이곳에 정착한 한 젊은 한국 여성은 크리스마스 시즌에는 산타마을 우체국에서 시간제로 봉사한다 했다. 이 쓸쓸한 도시에서 유일하게 한국의 위상을 꿋꿋이 빛내고 있는 그녀가 대견하고 인상적이었다.

• 〈여행문화〉 가을호, 2022. 9.

론다의 누에보 다리와
헤밍웨이

      스페인 론다(Ronda)를 두 번 방문했다. 한번은 2012년 1월 겨울에, 또 한번은 2016년 7월 여름이었다. 여름 방문은 마드리드에서 출발 코르도바-세비야 거쳐 론다로, 겨울 방문은 지중해의 말라가(Malaga)에서 출발했다. 말라가는 피카소의 고향이다. 론다는 안달루시아지방의 대표적 관광지역이다. 말라가를 출발- 산 페드로(San Pedro)를 거쳐 서쪽으로 약 100km 거리에 론다가 있다. 론다는 해발 723m 위치에 있어 말라가에서 오는 동안 급커브에 산길 오르막이 마치 강원도의 국도를 달리는 기분이었다.

      론다의 대표적인 5개 유명 관광지는 투우장, 누에보 다리 (Puente Nuevo), 아랍 목욕탕, 알라메다 타호 공원 전망대, 헤밍웨이 산책로이다. 론다는 투우의 발상지

초기 투우는 투우사가 말을 타고 소와 대결했다는 그림.

투우장 앞의 투우 동상과 투우장.

로서 1784년에 건립된 최대 육천 명을 수용할 수 있는 투우장이 있다. 론다 출신의 유명한 투우사 페드로 로메로 때문이라 한다. 최초의 투우는 투우사가 말을 타고 소와 싸웠다 하는데 이 그림이 투우장에 걸려 있다. 투우를 좋아한 헤밍웨이 동상을 투우장 앞에 세울 정도로 미국인 헤밍웨이를 좋아하며, 헤밍웨이 산책로까지 있을 정도이다.

론다에서 가장 잘 알려진 명소가 누에보 다리(Puente Nuevo, '새로운 다리'라는 뜻)이다. 이 다리는 1751년에 착공하여 42년 걸려 1793년에 준공되었다. 다리가 위치한 타조(Tajo) 협곡 아래 과달레빈(Guadalevin) 강이 흐르며 천연의 절경으로 알려져 있다. 협곡의 절벽 아래에서 백여 미터 높이를 차곡차곡 석재를 쌓아 축조한 다리이다. 누에보 다리는 120m 넓이(폭) 협곡을 거의 남북으로 가로지르며 구도시(다리 남쪽)와 신도시(다리 북쪽)를 연결한다. 나는 이 깊고 좁은 골짜기에 18세기 후반 다리를 완공한 토목기술에 놀랐다. 18세기 후반이라면 우리는 조선시대 영조와 정조

지도 중앙의 강과 협곡 및 누에보 다리의 위치. 다리는 거의 남북 방향임.

의 시기이다. 특히 1795년 정조 즉위 20주년에 아버지 사도세자의 묘소를 방문하는 수원 화성 행차에서 한강 노량진을 나룻배를 연결한 배다리로 건너간 시기로서 변변한 다리가 없었다. 다리의 북쪽은 깎아지른 듯한 절벽이며 계곡을 따라 어우러진 하얀 집의 배열이 멋진 풍광을 이루고 있다. 깊은 협곡을 오르내리지 않고 새로운 다리로 연결하였으니 당시의 주민들이 얼마나 좋아했을까.

론다에는 헤밍웨이 산책길이 있을 정도로 헤밍웨이(1899~1961 생존, 1954년 노벨문학상 수상)와 관련이 깊다. 그의 유명한 소설 『누구를 위하여 종은 울리나』를 이곳에서 집필했다. 헤밍웨이는 1937년 스페인 내전에 공화파 의용군의 기자로 참여했는데, 이때의 경험을 살려 이 소설을 1939년 3월부터 쓰기 시작하여 1940년에 발표하였고, 1943년에는 영화로도 제작되었다.

이 소설은 스페인 내전 다음 해인 1937년 5월에 일어난 소설적 사건이 배경이다.

소설의 무대는 마드리드와 세고비아 사이의 어느 계곡의 다리를 폭파하는 임무이다. 내 기억으로는 1960년대 중반 고등학생 시절 동명의 영화를 단체관람한 기억이 있다. 이 영화는 스페

인 내전에 반파시스트 군
으로 참전한 미국인 조던
(게리 쿠퍼 분)이 게릴라부
대 진영의 동굴에서 만난
마리아(잉그리드 버그만 분)
와의 사랑과, 깊은 계곡
의 다리를 폭파하는 작전

영화 〈누구를 위하여 종은 울리나〉의 조던과 마리아
의 마지막 이별 장면.

을 보여 준다. 다리 폭파 후 도피하는 과정에서 조던은 다리 부상
으로 마리아와 게릴라를 먼저 보내고 최후를 맞이할 준비를 하며
종이 울리는데, 이 영상이 아직 생생히 남아 있다. 나는 이 영화를
TV로 다시 보며 마지막 장면의 유명 대사를 기록했다. 주인공의
모습이나 성격은 다분히 작가 헤밍웨이의 모습을 연상시킨다. 나
는 아직도 남자 주인공 조던이 마리아에게 속삭이듯 말하는 마지
막 대사와 이별 장면을 잊을 수 없다. 죽음을 앞둔 주인공의 모습
은 나의 뇌리에 감동적으로 깊이 박혀 있다. 공화 진영 내부의 분
열과 무능 부패로 파시스트 혁명군(프랑코)의 승리로 끝나는 스페

누에보 다리를 동쪽에
서 서쪽으로 바라본 전
경. 협곡은 동서 방향이
고 다리는 거의 남북 방
향임. 계곡의 절벽 위에
어우러진 흰 집의 배열
(현장의 누에보 다리 안
내 사진임).

알라메다 타호 공원 전망대.

누에보 다리 위를 남쪽에서 북쪽으로 건너는 차량 모습과 견고한 다리 주변과 골짜기 하부의 전원 풍경.

인 내란이 가끔 현실과 비교되기도 한다.

'마리아, 네가 가면 나도 같이 가는 거야. 금방 나도 뒤따를 거야. 우리 둘을 위해서 당신은 가야돼. 우리는 서로 사랑하니까. …하지만 난 너야. 당신이 가면 나도 가는 거야. 그게 내가 갈 수 있는 유일한 길이야. …지금은 우리의 시간이야. 결코 끝이 아니야. 진심이야.'

나는 헤밍웨이가 자주 찾았다는 산책로를 따라 공원 전망대에 올라보았다. 헤밍웨이는 이 길을 오르며 무슨 상념에 잠기곤 했을까. 그의 생애를 보면 행동하는 실천적인 자유주의자로서의 면모를 많이 느낀다. 제1차 세계대전 시 이탈리아 전선(19세), 스페인 내란에 참전(38세), 제2차 세계대전 때 특파원 자격으로 노르망디 상륙 작전에 참전(45세)한 걸출한 인물이다. 일생에 한 번 참전도 어려운 전쟁에 세 번이나 참가했으며, 그 경험을 살려『해는 또다시 떠오른다』(1926),『무기여 잘 있거라』(1929) 등의 장편을 출간하였다.

론다를 두 번째 방문했을 때는 누에보 다리 북쪽 편의 신시가지 상가 골목과 식당을 찾았다. 관광지로 유명한 탓인지 지방 도시라는 모습이 전혀 없었다. 현대적으로 꾸민 가게들과 식당들이 즐비했다. 여기서 나는 모처럼 식당에서 스페인 메뉴와 커피를 즐기는 호사를 맛보았다. 이곳을 가본 지가 어느덧 육 년 전인데 앞으로 언제쯤 이 지역을 다시 가보게 될지 희망해 본다.

• 〈서울공대〉 가을호, 2022. 10.

리멤버 이석영 선생

오늘 아침(2022년 2월 24일 자) 신문에서 반가운 기사를 읽었다. 일제강점기의 독립운동가 이석영(1855~1934) 선생이 순국하신 후 88년 만에 직계 후손 열 명이 확인되었다는 내용이었다. 이석영 선생의 장남 이규준(1897~1928) 선생은 신흥무관학교를 졸업한 후에 국내에 잠입하여 독립자금을 모금하다 옥고를 치렀다. 또한 항일비밀운동단체인 '다물단'의 핵심으로 일제 밀정을 처단하는 일에 앞장섰다. 정부는 이규준 선생에게 건국훈장 애족장을 2008년 추서했다. 보훈처는 이규준 선생의 후손으로 세 명의 딸(온숙, 숙온, 우숙)이 있었고 이들의 직계 후손 열 명을 최종적으로 확인했다고 밝혔다.

이석영 선생은 고종 때에 이조판서를 지낸 이유승(1835~1906)의 차남으로 서울 저동에서 태어났다. 그는 영의정을 지낸 이유원(백부, 1814~1888)에게 입양되어 경기도 남양주시 화도읍 가곡리에 거주했다. 경술국치(1910)가 일어나자 독립운동에 먼저 뛰어든 동생 우당 이회영(1867~1932)의 권유로 유산으로 물려받은 화도읍 가곡리 토지 등 전 재산을 처분하여 6형제(건영, 석영, 철영, 회영, 시영, 호영) 일가족 60여 명과 함께 1910년 12월 말 만주로 이주했다. 이들의 망명은 이석영의 경제적 뒷받침[전 재산을 팔아 만든 40만 원(2021년 기준 약 2조 원)]으로 가능했다. 조국 광복을 위해 젊은 조선 청년들을 위한 신흥강습소를 개소하였고, 나중에는 신흥무관학교를 세워 폐교당할 때(1920)까지 10년간 2,100명의 독립군을 배출했다. 훗날 이들이 청산리 전투와 봉오동 전투 등에 참여하여 항일 독립투쟁의 큰 역할을 했다. 이석영 선생은 신흥무관학교의 실질적 설립자이다. 전 재산을 독립운동에 바친 선생은 1920년 이후 상해 북경을 떠돌다가 1934년 상해 빈민가에서 생을 마쳤다. 그는 연로하여 가난에 지쳐 두부 비지로 연명하다 굶어서 별세했다 한다. 6형제 중 해방과 함께 살아 귀국한 형제는 다섯째 이시영(1869~1953) 선생 한 분이었다. 이석영 선생은 그 공적을 인정받아 대한민국 건국훈장 애국장(1991)이 추서되었다.

남양주시는 이 지역 출신인 이석영 선생의 독립투쟁과 희생정신을 기리는 목적으로 금곡역 일대와 세계문화유산 홍유릉 주변 지역을 정비하는 도시재생사업으로, 이석영 선생 광장과 역사문화체험관을 조성했다. 'Remember 1910! 상처… 그리고 다짐'을 주제로 2020년 4월 29일 이석영 광장 조성 선포식을 가졌다. 이석영 선생의 6형제가 국권 회복을 다짐하며 중국 만주로 떠난 1910년을 되새기자는 의미를 담은 선포식이었다. 그리고 이듬해인 2021년 3월 26일, 역사문화체험관 〈이석영 광장·Remember 1910〉이 개관되었다.

이석영 광장과 역사문화체험관.

　나는 2021년 4월 초 남양주시 금곡역(경춘선) 부근의 이석영 광장을 방문했다. 위대한 인물을 기억하고 그 업적을 기리는 일을 한 남양주시에 감사했다.

　내가 그 시대에 살았다면 선생과 같이 전 재산을 처분하고 독립운동에 남은 생애를 바칠 수 있었을까를 생각하니 한없는 존경심에 마음이 숙연해졌다.

　이석영 광장에서 역사문화체험관(기념관)에 들어서면 지하층으로 내려가는 독립의 계단이 있다. 이 계단은 독립유공자의 공훈을 기리는 공간이다. 계단 벽을 이루는 붉은 벽돌에는 이 지역 독립유공자의 이름이 새겨져 있다. 이름이 새겨지지 않은 벽돌들은 아직 드러나지 않은 수많은 독립투사를 상징하며 동시에 이 시대를 살아가는 우리의 몫을 반영한다. 대한민국 최대의 독립운동 명문가 사진과 이석영 선생의 훈장증(1991), 전 재산을 바쳐 독립전쟁의 기반을 마련하고 1910년 12월 30일 조국의 독립을 위해

압록강을 건너 만주로 가는 장면, 신흥무관학교 설립 사진, 최초의 독립 전쟁-봉오동 전투와 청산리 전투의 영웅들, Remember 1910 도서관 서재와 기증 도서, 신흥무관학교 설립과 독립운동, 6형제의 그림 사진, 이회영 선생과 매국노 이완용의 사진 대비와 파헤쳐진 이완용 무덤, 안중근 의사 수감실 등 역사적인 감옥과 고문실 등의 시설과 자료가 전시되어 있다.

　일제강점기 중의 독립운동기념관을 방문하며 관람할 때마다 안타까운 생각이 든다. 조선 후기 고종(1852~1910)이 즉위한 해가 1863년이고, 일본 메이지 천황의 즉위가 1867년으로 서로 비슷한 시기이다. 조선은 흥선 대원군(1820~1898)의 섭정으로 나라 문을 굳게 닫고, 일본은 활짝 열어 유신으로 발전했다. 쇄국과 개국이라는 이 선택의 차이가 매우 안타깝다. 일본의 강압적 위협으로 맺어진 강화도조약(1876)을 시작으로 청일전쟁(1894~95) 등을 거치며 조선과 일본의 국력 차이는 강대국과 약소국으로 차별화되었기 때문이다. 기념관에서 매국노 이완용이 제복으로 치장

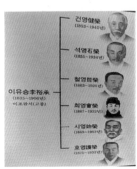 

이석영(차남) 선생과 형제들.

한 모습을 보며 조선 말기에 어찌 이런 인물이 고위 지도층에 존재했을까 하며 노여워진다. 을사늑약 체결 당시 학부대신이었으니 지금의 장관급이다. 소위 성리학을 공부한 지식층 인사가 주권을 포기하는 조약에 서명하고 일본이 하사한 후작의 특권과 부를 누렸으며, 최후에는 자연사(병사)하였다. 일제 경찰의 밀정 노릇을 하며 독립운동가와 그 가족을 괴롭히고 죽음으로 내몬 친일 조선인들이 적지 않았다. 프랑스는 제2차 세계대전 당시 독일 점령기 4년(1940.6.~1944.8.) 동안 나치 협력자를 전후에 대숙청하였다. 1944년 말부터 일 년도 안 되는 기간에 약 105,000명에 이르는 나치 독일 협력자들을 즉결 처형하였다. 나치 협력자 가운데도 지식인들의 부역 행위를 훨씬 더 가혹하게 단죄하였다. 프랑스는 이런 면에서 얼마나 대단한 나라인가.

우리는 프랑스처럼 친일 매국노에 대한 단죄 처벌을 제대로 하지 못했다. 여전히 올바른 평가는 계속되어야 하며, 독립운동가의 후손들을 더 적극적으로 찾아내 정당한 포상과 대우를 해주어

〈Remember 1910〉 서재.

왼쪽) 독립유공자를 기리는 독립의 계단.
오른쪽) 계단 벽을 이루는 붉은 벽돌에는 독립유공자의 이름이 새겨져 있다. 이름이 새겨지지
않은 벽돌들은 아직 드러나지 않은 수많은 독립투사를 상징함.

야 할 것이다. 남양주시처럼 민족의 역사를 바로 세우는 일에 앞
장서고 차세대 자녀들에게 올바른 역사관을 심어주도록 노력해
야겠다. 지금은 일제강점기는 아니지만 나라 사랑에는 예나 지금
이나 다를 바 없다. 이석영 선생 같은 수많은 애국지사들이 재산
과 목숨을 바쳐 지켜준 이 나라를 지키는 것은 물론 다시는 침략
당하는 일이 없도록 해야겠다. 이름이 비어있는 독립의 계단 붉
은 벽돌에 독립투사들의 이름이 가득히 새겨지는 날을 기대해 본
다. 기념관을 나와 광장에 섰다. 남양주시의 하늘이 유난히 푸르
다. 금년(2022) 2월 16일에는 이석영 선생의 88주기 순국일을 맞
아 이 광장에서 추모식을 거행했다니 한 시민으로서 감격스럽다.
선생도 하늘에서 흐뭇해하셨으리라.

• 한국산문, 2022. 8.

보스니아의
스타리 모스트

　　발칸반도의 소국 보스니아-헤르체고비나(이하 보스니아) 남부를 수년 전 방문했다.

　보스니아는 인구가 400만도 안되는 작은 나라이나 종교와 민족 구성이 복잡하고, 세르비아와 크로아티아로 둘러싸인 나라이다. 거의 400여 년간 오스만제국의 지배를 받아 이슬람인(44%), 세르비아인(31%), 크로아티아인(17%)으로 구성되어 있다. 따라서 종교도 이슬람교(40%), 세르비아 정교(31%), 가톨릭(15%)이다. 소련의 붕괴와 함께 유고슬라비아 연방에서 1992년 3월 독립을 선포하였으나 보스니아 이슬람계(무슬림), 크로아티아계, 세르비아계 세력 간 내전(1992~95년)으로 20만 명 이상의 사망자와 100만 명 이상의 난민이 발생했다. 제2차 세계대전 이후 인종 대청소라는 최악의 민족 분규 지역이다. 소련의 지배를 받던 유고 연방에서 독립을 하자 종교 및 언어까지 다른 세 민족의 제 몫을 찾겠다는 분쟁이었다. 현재는 협정에 따라 이슬람-크로아티아 연방, 스르프스카공화국(세르비아계)이 국가연합의 형태이다.

아드리아해 연안국인 크로아티아의 유명한 관광도시인 스플
리트에서 두브로브니크로 가는 해안도로 중간에 돌출하여 나
온 보스니아 영토가 있다. 이 영토는 아드리아 해안선을 따라 약
20km 연장되고 있다. 내륙국인 보스니아가 아드리아해와 접하
는 유일한 지역이다. 이곳을 지나려면 크로아티아 국경에서 출
국 신고를 하고는 다시 보스니아에 입국 신고를 하고, 해안도로
를 따라 10여 분 이동하여 보스니아국경에서 출국 신고를 하고
다시 크로아티아 입국 신고를 하는 황당함에 가까운 경계 지역이
다. 크로아티아가 보스니아보다 출입국 수속이 까다롭다는 평판
이다. 보스니아의 이 짧은 해안선에 작은 도시 네움(Neum)이 있
다. 크로아티아는 이미 관광으로 널리 알려진 나라여서 이곳 네

네움의 해안가 주택과 석양.

움에서의 숙식비는 크로아티아와 비교하면 절반 정도로 저렴하단다. 네움 숙소 옥상에서 보이는 석양이 절경이었다. 숙소 앞 아드리아 바다는 섬들이 워낙 많아서 해안이 마치 강줄기처럼 보인다. 네움 북쪽으로 성모 출현지라는 성지 메주고레, 발칸의 대표적 화약고였던 모스타르, 제1차 세계대전의 진원지인 수도 사라예보가 있다.

네움 북쪽으로 성모 마리아의 출현지라고 알려진 메주고레("산과 산 사이"라는 뜻) 마을이 있다. 이 마을은 1981년 6월 24일 여섯 명의 아이들(두 명의 소년과 네 명의 소녀)이 성모 발현을 목격하였다 하여 유명해졌다. 이곳이 성모 발현지라는 로마 교황청의 공식적인 인정은 아직 없으나, 2019년 5월 순례지로 승인했다 한다. 현재까지 로마 교황청에서 인정한 성모 발현지는 포르투갈의 파티마와 프랑스 남부의 루르드 두 곳이다. 보잘것없던 가난하고 작은 시골 마을이 성모 발현지라는 소문과 함께 많은 순례자가 방문하는 관광 명소가 되었다. 교회가 들어서고 숙박 시설과 식당, 기념품점, 자동차 대여점 등 상업 시설이 들어서 있다. 사진에서처럼 표면이 청흑색인 5m 높이의 청동 금속 예수상의 다리 부분은 금속 고유의 노란색이 드러날 정도로 많은 순례객이나 방문객이 만지고 기도하는 곳이며 항상 대기 줄이 길다. 사람들은 왜 이렇게 무조건 의식적으로 믿으려 할까. 여섯 명의 아이들이 성모 발현을 보았다는 소문이 과연 진실이고 사실일까. 신앙심이 부족한 나는 의심을 떨칠 수 없다. 우선 믿음을 가져야 한다는 종교적 설득에 나는 머리를 흔든다. 이곳을 순례하고 기도하며 예배를 드리는 세계인들이 결코 논리가 없는 사람들이 아닐진대 참으로 불가사의한 일이다. 성모 발현지라고 찾아와서 믿음으로 기도하고 참배하는 사람들이 마음의 안정과 평안을 찾을 수 있다는데야 내겐 할 말이 없다. 보스니아 내전 때에도 주변은 폭격의 피해가 컸으나 메주고레만은 주민과 성지의 피해가 없었다고 한다. 심지어 내전 중에도 개인 순례자들이 방문하였다고 한다.

모스타르('다리 파수꾼'이라는 뜻)는 사라예보에서 남서쪽 120km, 메주고레에서 18km 북쪽에 위치하며 2천여 년의 역사를 보여주

메주고레의 청동 예수상과 성 야고보 성당 앞 광장의 예배 장소. 순례객들이 예수상의 다리 부분을 만지며 기도하여 노란 금속 색깔이 노출되어 있다.

는 낭만의 중세도시이다. 가톨릭을 믿는 크로아티아계 이주민과 보스니아계 무슬림 원주민이 평화롭게 공존하였으며 내전 이전에는 세르비아인도 상당수 거주했다 한다. 보스니아 남부지역인 헤르체고비나에서 가장 큰 도시이다. 세르비아 애국 운동의 중심지이며 1992년 내전이 있기 전까지 잘 나가던 도시였다. 민족과 종교분규 내전으로 깊은 상처를 입었으며 인종청소 전쟁이 가장 참혹했던 곳이다.

모스타르는 16세기 중기에 팽창하는 오스만제국의 주요 이동 출입구로서 이슬람 전파의 거점이었다. 모스타르의 협곡을 흐르는 네레트바강 위에 '스타리 모스트'('오래된 다리'라는 뜻)가 있다. 이곳을 점령한 오스만제국이 길이 30m, 폭 5m, 높이 24m, 단일 교각의 아치형 이슬람식 석조다리를 1566년 완성하였다. 세계적으로도 공학적 놀라움 중의 하나로 평판을 받은 아름다운 다리였다. 발칸의 위대한 역사적 건축물이며 종교와 문화 연결의 상징이고 세계에서 가장 아름다운 다리라고 칭송했다. 16세기 중엽에 길이 30m의 다리를 암석을 재료로 교각도 없이 아치형으로 축조하였으니 그 토목 기술이 놀랍기만 하다. 이 시기에 우리 조선은 임진왜란 직전의 당쟁시대가 아니었던가. 이 다리는 제2차 세계대전에서도 무사했으나 축조된 지 427년 만인 1993년 11월 9일에 내전으로 말미암아 크로아티아 민병대에 의해 완전히 파괴되었다. 파괴된 이후 강을 경계로 동쪽에는 보스니아계 무슬림이 많이 거주하고, 서쪽은 크로아티아계가 대부분 거주하고 있다. 이 다리는 유네스코 지원으로 2004년 7월 23일 16세기 이슬람

1. 모스타르의 네레트바강 주변의 아름답고 조용한 무슬림 마을 정경
2-3. 네레트바강 위의 '스타리 모스트'('오래된 다리'라는 뜻)와 다리 동쪽의 무슬림 지역.
4. 스타리 모스트 주변의 기념품점.
5. 다채로운 이슬람 색채의 문양.

식 형으로 복원되어 재개방되었다. 1,088개의 원래 다리의 부서진 조각들을 건져 올려 복원되었으며, "1993년을 잊지 말자(Don't forget '93.)"라고 돌에 표시하였다. 2005년 유네스코세계문화유산으로 지정되었고, 지금은 관광과 다이빙의 명소로 알려져 있다.

보스니아에서 무력 충돌의 주요 원인은 언어와 종교가 다른 세 민족 간의 분규이다. 가톨릭교와 이슬람교 및 세르비아 정교의 뿌리는 같다 해도 과언이 아니다. 그들의 뿌리는 구약성서의 아브라함이며 믿는 신은 같은 하느님이다. 종교의 기본은 인간에 대한 사랑과 친절한 배려이다. 그런데도 인종청소라는 민족 분규와 내전은 다분히 정치적 목적으로 민족을 규합 단일화하려는 의도이다. 보스니아 내전은 죄의식도 없이 추진하는 맹목적인 민족주의와 영웅주의가 얼마나 무자비하고 참혹한 결과를 초래해 왔는지 역사가 증명하고 있음에도 어리석은 인간들은 반복하고 있음을 보여준 예라고 할 수 있다.

• 〈여행문화〉 겨울호, 2021. 11.

세계문화유산
'햄릿 성'을 찾아

셰익스피어의 비극 희곡 『햄릿』의 제1막 제1장의 첫 문장이다. "엘시노어 성. 성벽 위 초소 오른쪽 왼쪽에는 망대로 통하는 문이 있다."

『햄릿』의 원제목은 『덴마크의 왕자 햄릿의 비극』이다.

엘시노어 성은 덴마크의 어디에 있을까? 엘시노어(Elsinore)는 헬싱외르(Helsingør)의 영어식 표현이다. 헬싱외르는 코펜하겐 중앙역에서 북쪽으로 기차로 50분 정도 걸린다. 거리상으로는 해안을 따라 약 40km 떨어져 있는 작은 항구이며 중세 바닷가마을이다. 엘시노어 성이란 이 마을의 크론보르(Kronborg, '왕관의 성'이라는 뜻) 성을 의미하며 일명 "햄릿 성"이라고 불린다. 헬싱외르 역 앞은 바로 부두이고 대형 여객선이 정박해 있었다. 노르웨이로 가는 크루즈 선이다. 햄릿 성까지는 해안도로를 따라 이십여 분을 걸어야 했다. 겨울 바닷바람이 매서워서 외투 자락을 여며야 했다.

나는 수년 전 12월 하순에 코펜하겐을 방문했다. 덴마크 하면 떠오르는 유명한 세 관광지는 인어공주 동상, 안데르센 생가, 햄릿 성이다. 햄릿 성은 매년 수많은 셰익스피어 순례객들이 방문하는 명소이다. 이 성은 발트해와 북해가 만나는 절묘한 장소에 있다. 이 성의 해자는 발틱해 바닷물을 끌어들이고 있다. 바닷물은 흑색 내지는 짙은 녹흑색으로 보였다. 햄릿 성에서 동쪽으로 외레순(Øresund) 해협 넘어 마주 보이는 스웨덴 영토 헬싱보리 (Helsingborg)는 육안으로 보일 정도로 가깝다. 성 밖에는 좁은 해협을 향해 배치된 하늘색의 대포와 흑색 대포알이 인상적인데, 보는 것만으로도 그 역사를 보여 준다.

이 성은 초창기인 1420년 크로겐(Krogen) 요새로 출발하여 프레데릭(Frederik) 2세(1534~1588 생존, 덴마크-노르웨이 왕국 재위 1559~1588)에 의해 1574~1585년 크론보르 성으로 이름이 바뀌며 축조되었다. 국왕은 성 동쪽의 좁은 해협을 통제하며 선박들의 통과세를 받아 번영 시대를 구가하였다.

덴마크의 중세 바닷가마을 헬싱외르(엘시노어)에 있는 크론보르 성(햄릿 성).

헬싱외르 기차역과 역 앞 부두에 크루즈선이 보임. 멀리 햄릿 성이 보이는 바닷가 마을.

햄릿 성의 해자는 발틱해의 바닷물을 끌어들이고 있음. 성 내부로의 출입문.

햄릿 성 앞의 외레순 해협. 건너편의 스웨덴 헬싱보리가 보일 정도로 가장 가까운 해협. 해협을 향해 배열된 대포와 대포알.

코펜하겐은 15세기 중반 이래 덴마크의 수도였다. 셰익스피어 시대(16세기 후반~17세기 초반)에는 이 엘시노어(헬싱외르)가 워낙 유명하여 덴마크의 수도로 여겨질 정도였다 한다. 프레데릭 국왕은 이 성의 도서관에서 책에 파묻혀 외국학자 및 예술가들을 접견하고 건축 음악 과학 법정 관리 등의 르네상스 신지식을 습득하는 등 학문 예술의 지대한 후원자였다. 16세기 후반기에는 덴마크왕국이 북유럽의 강국이었고 영국과 외교 활동이 많았다 한다. 국왕이 머무를 때는 이곳에서 통치가 이루어졌고, 당시 사용하던 많은 가구와 실내 시설이 남아 있다. 집무실, 서재, 침실, 창고와 특히 북유럽에서 가장 넓다는 길이 62m의 대연회장 시설과 많은 회화 작품과 태피스트리(벽걸이 천) 등이 설치되어 있다. 성안 지하에는 위기 때마다 덴마크를 지켜주는 전설적 바이킹 전사 홀거 단스크(Holger Danske)가 암흑에서 자고 있다.

비극 『햄릿』은 이 성이 무대이나 햄릿은 실존 인물이 아니며 이 성에 산 적도 없다. 또한 셰익스피어가 이 성에 왔다는 기록도 없다. 이 성은 프레데릭 국왕이 1572년 결혼한 소피(Sophie) 왕비를 위한 결혼 선물이었다 한다. 사방 80m×80m 크기로서 사암으로 축조되었고 르네상스 스타일로 북유럽의 아름다운 성 중의 하나로 알려져 있다. 국왕과 소피 왕비의 행복한 결혼과 이 성에서의 향연 소문은 유럽에 널리 알려져 있다는 점에서 동시대를 살아간 셰익스피어(1564~1616)에게 창작의 영감을 준 듯하다. 『햄릿』은 크톤보르 성이 완성된 직후인 1601년 무렵 탄생했는데, 이 작품은 덴마크 국민사에 나오는 설화를 극화하였다고 한다.

햄릿 성은 2000년에 유네스코 세계문화유산이 되었다. 이 성은 1629년 화재로 완전 소실되기도 하고 스웨덴과의 전쟁으로 파손되기도 했으나 1924년 현재의 모습이 이루어졌다 한다. 이 성에서 1816년에 처음 햄릿 공연이 있었고 매년 여름 셰익스피어 연

햄릿 성 내부와 길이 62m의 대연회장. 햄릿 공연(1954)에 참석한 왕실 가족. 햄릿으로 분한 젊은 시절의 영국 배우 리처드 버튼(1925~1984).

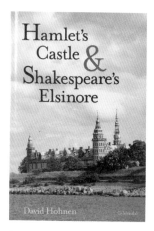

『햄릿 성과 셰익스피어의 엘시노어』

극축제가 열리고 있다. 젊은 시절의 로렌스 올리비에(1907~1989), 리처드 버튼(1925~1984) 등 낯익은 명배우의 열연 사진 패널이 걸려있다. 덴마크 왕족이 관람했다는 1954년 사진도 보인다.

햄릿 성으로 가기 위해 코펜하겐에서 숙소를 출발할 때 보슬비가 내리는 서늘한 날씨였다. 성에 도착하여서는 흐리고 맑기를 반복하더니 오후에는 다시 비가 내려 북해와 발틱해 부근의 전형적인 해양성 기후를 보여 주었다. 코펜하겐에 일주일 머무는 동안 맑은 날은 하루뿐이었다. 이곳 겨울은 오전 8시가 지나야 밝아 오고 오후 4시면 이미 어두워져서 날씨에 따른 을씨년스러운 기분이 남아 있다. 북유럽은 음식값, 주거비, 교통비 등 물가가 비싸기로 유명하다. 덴마크도 예외가 아니어서 예를 들면 식당에서의 햄버거 요리가 우리보다 세 배 가까이나 비싸 놀란 기억이 있다.

코펜하겐 시내 미술관에서 영어책 『햄릿 성과 셰익스피어의 엘시노어』(Hohnen, D., 2000, Hamlet's castle & Shakespeare's Elsinore. 110p., Gyldendal)를 구입할 수 있어 다행이었다.

• 〈서울공대〉 봄호, 2021. 4.

중세마을
피란(Piran)을 찾아

  슬로베니아의 중세 항구도시 피란을 겨울과 여름 두 번에 걸쳐 방문한 적이 있다. 한번은 학회 참석차 12월 중순(2010)에, 또 한번은 여행으로 7월 초순(2017)이었다.

  슬로베니아는 발칸의 스위스로 불리며, 유고슬라비아연방에서 1991년 독립한 소국(인구 210만, 면적은 2만km² 전라도 크기)이다. 유럽연합에 일찍이 가입하였고 현재 국민소득이 연 4만 달러가 넘는 동유럽에서 가장 잘 사는 나라이다. 슬로베니아는 아드리아해에 유일하게 46km의 해안선을 보유하고 있다. 해안선 북쪽은 이탈리아이고 남쪽은 크로아티아와 접하고 있다. 피란은 해안선 남서쪽 끝에 있다. 이 중세 해안마을을 언제쯤 다시 방문할 수 있을까.

  피란은 "이스트리아반도의 숨은 진주"라고 알려져 있다. 이스트리아반도는 아드리아해의 북쪽에 있으며 대부분은 크로아티아의 영토이다. 이 반도는 생긴 모양이 심장 모양이고 서울의 6배 크기이다. 이 반도는 크로아티아의 가장 북서쪽에 위치하며 슬로

피란(Piran) 반도 주변에 해안가 산책길이 잘 조성되어 있다.
.© Slovenia(2002), Mladinska knjiga Zalozba, Ljubljana.

베니아와 국경을 맞대고 있다. 피란은 반도의 서북쪽 끝 해안에
작은 반도를 이루고 있어 하루 이틀이면 전체를 답사할 수 있다.

피란은 13세기부터 500여 년간 베네치아 공국의 지배를 받아
당시 지어진 건축물들이 곳곳에 남아 있고, 주민들 대부분이 이
탈리아어를 사용한다. '아드리아해의 작은 베네치아'라고도 불린
다. 피란은 유럽에서 18세기에 잘 알려진 음악가 주세페 타르티
니(1692~1770)의 고향이다. 타르티니는 기교파 바이올린 연주자
이며 작곡가이다. 그는 이탈리아에서 음악 교육을 받아 이탈리아
의 음악가로 알려져 있다. 나에게는 익숙하지 않은 음악가여서 그
의 바이올린 협주곡 하나를 감상했다. 그의 탄생 200주년(1892)을
기념하여 피란 사람들은 그의 기념비를 피란 마을 광장에 세우기
로 하고, 1896년에 광장 중심에 바이올린과 활을 들고 서 있는 청

타르티니 광장 중앙에 피란이 고향인 음악가 주세페 타르티니(1692-1770)의 동상이 있다.
작은 사진의 동상 뒤가 타르티니하우스(생가)이다.

동상을 건립했고 광장 이름도 그에게 바쳐졌다. 타르티니 광장은 피란 여행의 출발점이다. 나는 이 광장을 출발하여 해안가 방파제 산책로를 따라서 또한 미로와 같은 골목길로 언덕으로 올라 피란 전경을 탐색했다.

이 광장에는 고딕 양식의 시청사(1879년 건립)와 타르티니하우스, 베네치아하우스, 해양박물관 등이 있다. 언덕 위로 15세기 후반 축조된 피란 성벽이 200여 미터 남아 있다. 피란 마을을 전망하는 장소여서 가장 먼저 찾는 곳이다. 피란 반도 끝까지 건립된 베네치아 고딕 양식의 붉은 벽돌 건물들을 다양한 푸른 색깔의 바다와 함께 조망할 수 있는데 마치 한 폭의 사진처럼 보인다. 광장 서쪽 언덕에 중세에 건립된 성 조지 성당이 있다. 이 성당은 피란에서 가장 오래된 대성당이며 피란의 어디에서나 보인다. 피란의 수호신인 14세기 인물 성 조지를 기념하기 위해 1637년에 완공한 르네상스-바로크풍의 성당이다. 이 교회의 종탑 건립 시기는

피란 마을 어디서나 보이는 중세의
성 조지 교회(1637 건립). 왼쪽 하얀
건물이 시청(1879 건립).

피란 성벽 잔해.

피란 해안가 요트항.

1608년까지 거슬러 올라가는데, 베네치아의 산 마르코 대성당 종
탑을 모델로 했다. 해안 산책로 끝에 성 클레멘트 교회의 종탑이
보이며 그 뒤로 등대가 있다.

피란은 하늘과 바다가 일 년 내내 푸른색을 띠고 있어 여행객
을 반긴다. 삼각형 모양의 피란 마을 해변에는 모래사장이 없다.
이 해변을 둘러싸고 있는 산책로를 따라 걸으며 바다와 마을 풍경을 즐길 수 있다. 여름철에는 바닥까지 훤히 들여다보이는 깨끗한 바다와 방파제에서 일광욕과 바다 수영을 즐기는 아이들과 관광객들을 볼 수 있다. 교회가 있는 언덕 골목길로 오르면 푸른 바다와 함께 옹기종기 조화를 이루는 분홍색 지붕의 옛 시가지가 내려다보인다. 뒷골목 탐방 후 언덕에서 바라보는 일몰 경치가 일품이다. 미로처럼 얽힌 좁은 골목길과 지중해풍의 창문과 테라스는 베네치아를 연상케 한다. 골목길을 다녀보면 당시 사람들의 아이디어에 감탄하곤 한다. 한 사람 정도 다닐 수 있는 좁은 골목길은 낮에도 그늘져 있어 뜨거운 햇빛을 피할 수 있다. 골목길을 건물 지상층에 마치 터널 모양으로 뚫어 연결한다. 이 골목길로 전쟁과 같은 유사시에 도피할 수 있고, 적군이 대규모로 진입할 수가 없다. 타르티니 광장과 해변 산책길에 카페, 식당, 기념

피란 반도의 해변 관광지. 반도 끝에 성 클레멘트 교회(13–16세기)와 등대가 있다.

언덕에서 보이는 베네치아 양식의 주황색 지붕 건물 뒤로 아드리아해가 보임.

품점이 있다. 특히 피란 가까이에 오래된 유명한 자연 염전이 있어 14세기부터의 전통 방식으로 소금을 생산하고 있고 그 소금 상품이 특산품이다.

피란 바로 옆 남쪽에 고급 호텔들이 늘어선 해변 휴양지로 유명한 포르토로즈(Portoroz)가 있으며 학회나 회의는 주로 이곳에서 개최된다. 피란에서 해안선을 따라 동쪽으로 10km 거리에 코페르(Koper) 항구가 있는데 철도역으로 연결되어 있다. 코페르는 수도 류블랴나에서 한 시간 반 거리 정도로 가깝다. 이 항구를 통해 체코 동부 질리나(Zilina)에 있는 현대자동차 동유럽공장으로 자동차 부품을 운반하고 있다고 한다.

나는 관광객이 많은 여름보다는 겨울을 선호하는 편이다. 아드리아해 주변은 여름에 관광객이 너무 많아 숙소 예약도 어렵고 숙식 비용도 높다. 겨울철에도 그다지 춥지 않고 선선한 느낌이며 사람들로 너무 북적거리지 않고 조용하여 소박한 느낌이 든다. 겨울철에는 숙식비 등 여행비용이 훨씬 적게 드는 장점도 있다. 코로나 팬데믹이 완화되면 제일 먼저 겨울철에 다시 한번 방문

우편 엽서에 보이는 피란 반도 전경. 언덕 위 종탑이 성 조지 대성당.

하고 싶다. 적어도 한 주일 이상 머물며 아드리아해의 푸른 바다
와 붉은 주황색 건물 전경을 만끽하며 책을 읽고 글을 쓰고 싶다.

• 〈서울공대〉 봄호, 2022. 3.

체코 모라비아의 진주,
텔츠(Telc)를 찾아

체코의 모라비아(Moravia) 지방은 우리에게 비교적 생소한 지역 이름이다.

체코 하면 수도 프라하를 떠올릴 정도로 프라하는 인기 있는 관광지이다. 체코는 동부에 모라비아, 서부에 보헤미아 지역이 있다. 프라하는 보헤미아 지역의 대표적인 도시이며, 보헤미아의 진주라 불리는 중세도시 체스키크롬로프가 남부에 위치한다. 모라비아 지역은 체코 전체 면적의 30% 정도이다.

체코 동부의 모라비아 지방(진한 초록색 부분–위키 백과에서 인용함).
서부를 보헤미아 지방이라 하며 수도 프라하가 위치한다.

모라비아의 대표적인 도시는 브르노와 올로모우츠이다. 브르노는 모라비아에서 가장 큰 중심도시이며, 올로모우츠는 대표적인 중세도시로서 프라하 다음으로 중세 유적지가 많은 도시이다. 모라비아 지방은 아시아에는 잘 알려져 있지 않은지 2019년 7월 하순 내가 방문하였을 때도 동양인은 보기 어려웠다.

보헤미아와 모라비아 지역 경계 부근에 해발 600~800m의 모라비아 고지가 북동-남서 방향으로 약 200km 연장되어 있다. 모라비아에는 농경지가 광범위하게 분포되며 특히 모라비아 남부는 체코 와인의 대부분(96%)을 생산하는 비옥한 옥토 지역이다.

텔츠(Telc)는 '모라비아의 진주'라 불리는 12세기 중세 마을이며, 16세기부터 본격적으로 발전된 소도시이다. 이 마을은 유네스코 세계문화유산에 1992년 등재되었고, 세 개의 연못에 둘러싸여 있는 동화 같은 마을이다. 텔츠는 모라비아 남부에 위치하며 오스트리아 비엔나와 프라하를 잇는 도로의 중간 지점에 있다. 프라하에서 남동 방향으로 150km, 브르노에서 서쪽으로 약 70km 떨어져 있다. 모라비아의 중심도시 올로모우츠에서 버스로 출발하여 텔츠 도착에 세 시간 반이 걸렸

모라비아 올로모우츠에서 텔츠로 오며 보이는 아름다운 전원 풍경.

텔츠 성 북쪽의 돌니(Dolni) 성문 가는 길. 왼쪽으로 슈테프니츠키 연못이 있음.

바로크 양식의 쌍탑이 두드러진 예수회 성당과 대학(17세기 중기). 높이 60m의 첨탑이 있는 성 야고보 교회(왼쪽 사진 중앙, 16세기 중기). 고딕 양식의 텔츠 성(오른쪽 사진 중앙, 16세기 후반 건립).

광장에서 북서 방향(왼쪽 사진)과 남동 방향(오른쪽 사진)으로 보이는 길게 늘어선 중세 건물 모습.

다. 오는 도중의 전원 풍경과 작은 마을들이 매우 인상적이었다.

체코 작가는 "텔츠보다 아름다운 광장을 가진 도시는 없다"고 묘사하며, 체코 관광청은 "텔츠는 예술가와 몽상가를 위해 만들어진 사랑스럽고 연약한 분위기를 내는 도시"라고 소개한다. 텔츠는 "객관적으로 매력이 있으며, 조용한 곳을 좋아하는 여행자에겐 최적의 장소이며, 파스텔톤의 동화 같은 마을"이란 평판이나 있다.

텔츠 버스터미널에서 10여 분 걸어가면 세 개의 연못으로 둘러싸인 텔츠 성에 도착한다. 슈테프니츠키 연못 옆의 돌니(Dolni) 성문을 들어서면 자하리아세 광장이 나타난다. 이 광장 이름은 16세기에 이탈리아 건축가를 불러 르네상스와 바로크 양식으로 이 중세 마을을 건설한 텔츠의 영주 자하리아세의 이름을 딴 것이다. 이 광장은 북서-남동 방향의 길쭉한 모양이며 길이는 약 500m, 넓은 폭이 약 270m 정도이다. 이 광장의 주위로 르네상스와 바로크 양식의 다양한 색깔과 독특한 외관을 지닌 14세기 건물들이 늘어서 있다. 이 건물들은 마치 종이로 세워놓은 듯한 아기자기한 느낌을 준다. 광장 중심에 페스트 종식 기념탑인 성모 마리아 석주가 서 있다.

광장 북서쪽에 고딕 양식의 텔츠 성(16세기 후반 건립), 높이 60m의 첨탑이 있는 성 야고보 교회(16세기 중기), 텔츠에서 가장 높은 바로크 양식의 쌍탑이 두드러진 예수회 성당과 대학(17세기 중기)이 있으며 가장 큰 건물이다. 텔츠 성에서는 때때로 음악회가 개최되기도 하고 영화 촬영지로서도 이름이 높다.

텔츠의 높은 유적 건물 풍경– 14세기 텔츠 성과 16세기의 야곱 성당의 종탑, 바로크 양식의 쌍탑이 두드러진 17세기 예수회 성당과 대학을 중심으로 분홍색 지붕과 흰 벽의 조합 풍경이 우리츠키 연못 수면에 비치는 모습.

텔츠 성내는 중세 분위기를 강하게 보여 주며 색다른 역사지구에 들어왔음을 느끼게 한다. 다양한 색깔과 양식으로 지어진 건물들은 빼어나게 아름다운 풍경을 자랑하며, 텔츠를 둘러싸고 있는 연못과 조화를 이루고 있다. 거울 같은 수면에 비치는 푸른 하늘과 흰 구름, 주변 건물의 분홍색과 백색의 잔상은 물과 하늘과 건물이 함께 어우러진 풍경이다. 연못에 비치는 햇살은 거울처럼 반짝이며 색채의 조화는 아름다운 분위기를 더해 준다.

광장의 건물들 사이 좁은 골목으로 들어서면 거주민들의 집과 생활상을 볼 수 있다. 길지 않은 골목을 빠져나오면 우리츠키 연못 위로 벨프스카 다리가 보인다. 이 다리에서 바라보이는 텔츠 마을의 높은 건물들-분홍색 지붕과 흰 벽의 조합과 수면에 비치는 모습이 절경이다.

광장 남서쪽 우리츠키 연못으로 나가는 좁은 골목에 있는 가정집들과 연못의 벨프스카 다리. 이 다리 위에서 텔츠 성 중세도시의 그림 같은 모습이 보인다.

　나는 연못 다리 위에서 보이는 동화 속 마을 텔츠에 매료되어 내 산문집(2020) 표지 사진으로 게재하기도 했다. 또다시 이곳에 올 수 있을까, 이렇게 조용하고 멋진 마을에서 일주일 아니 한 달 정도 조용하게 머무르며 책을 읽고 글을 쓰는 여유를 즐길 수 있을까 하는 상념에 잠긴다. 새로운 삶을 즐기고 싶은 마음이 발동한다.

　체코 하면 보헤미아 지방의 프라하와 체스키크룸로프에 익숙해 있는 나에게 모라비아 지역은 또 다른 매력의 중세 문화를 보여 주었다. 나는 유럽의 많은 나라와 지역을 여행해 보았지만 텔츠만큼 아름다운 중세 마을은 보지 못했다.

• 〈서울공대〉 여름호, 2021. 7.

내 인생의 푸른 시절

글쓴이 전효택

1판 1쇄 인쇄 2022. 10. 10.
1판 1쇄 발행 2022. 10. 17.

펴낸곳 마음풍경
표지 · 편집 디자인 예온

신고번호 제300-2004-100호
신고일자 2004. 6. 11
전화 031-900-8060 | **팩스** 031-900-8062

ISBN 979-11-85303-04-8 03800